„King's Game – Ousama Game" von Ryo TAKAGI
Aus dem Japanischen von Claudia Peter
Originaltitel: „OUSAMA**GAME"




verlegt durch EGMONT Verlagsgesellschaften mbH,
Gertrudenstraße 30-36, 50667 Köln

1. Auflage
Verantwortlicher Redakteur: Wolf Stegmaier
Redaktion: Marcel LeComte
Lettering: Michael Reimann
Covergestaltung: Claudia V. Villhauer
Koordination: Nadin Kreisel
Buchherstellung: Simone Nauerth
Druck und Verarbeitung: CPI – Clausen & Bosse, Leck
ISBN 978-3-7704-6943-7

**www.manganet.de**

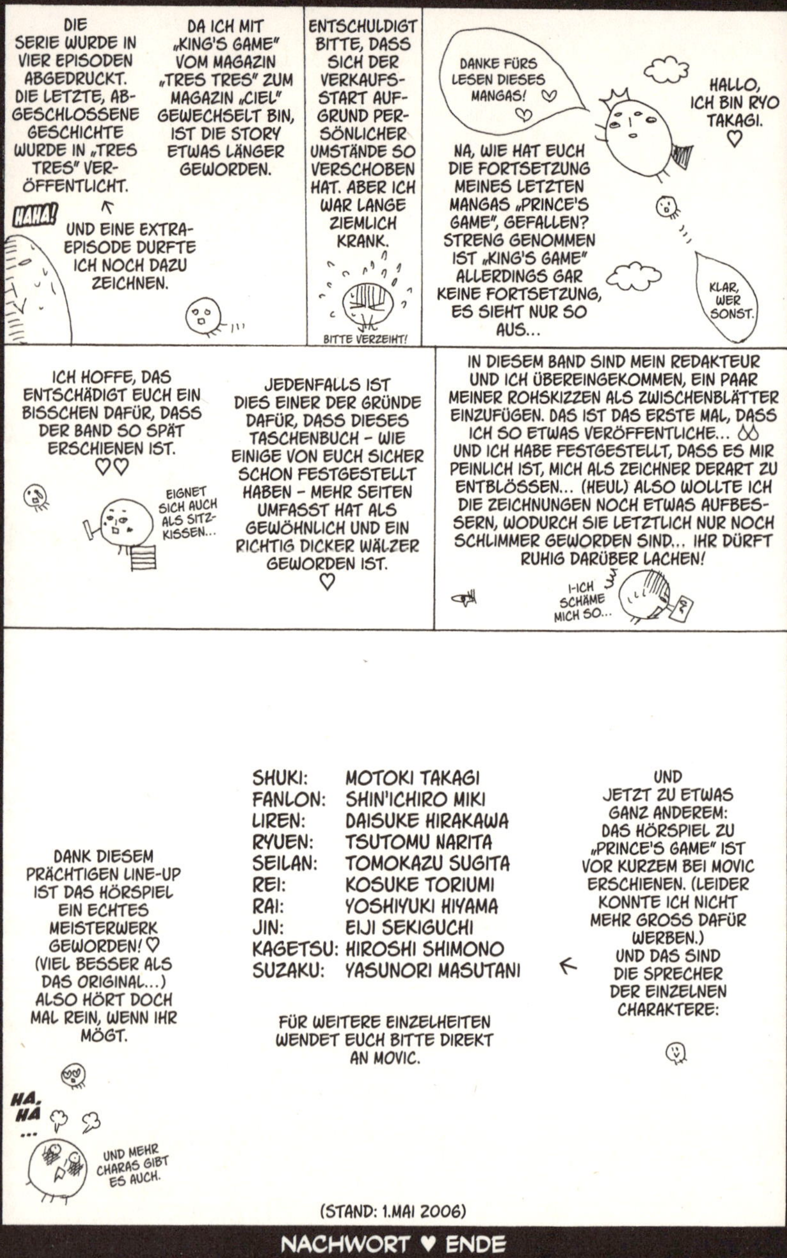
HALLO, ICH BIN RYO TAKAGI. ♡
DANKE FÜRS LESEN DIESES MANGAS! ♡
NA, WIE HAT EUCH DIE FORTSETZUNG MEINES LETZTEN MANGAS „PRINCE'S GAME", GEFALLEN? STRENG GENOMMEN IST „KING'S GAME" ALLERDINGS GAR KEINE FORTSETZUNG, ES SIEHT NUR SO AUS…
KLAR, WER SONST.
ENTSCHULDIGT BITTE, DASS SICH DER VERKAUFSSTART AUFGRUND PERSÖNLICHER UMSTÄNDE SO VERSCHOBEN HAT. ABER ICH WAR LANGE ZIEMLICH KRANK.
BITTE VERZEIHT!
DA ICH MIT „KING'S GAME" VOM MAGAZIN „TRES TRES" ZUM MAGAZIN „CIEL" GEWECHSELT BIN, IST DIE STORY ETWAS LÄNGER GEWORDEN.
DIE SERIE WURDE IN VIER EPISODEN ABGEDRUCKT. DIE LETZTE, ABGESCHLOSSENE GESCHICHTE WURDE IN „TRES TRES" VERÖFFENTLICHT.
HAHA!
UND EINE EXTRA-EPISODE DURFTE ICH NOCH DAZU ZEICHNEN.
IN DIESEM BAND SIND MEIN REDAKTEUR UND ICH ÜBEREINGEKOMMEN, EIN PAAR MEINER ROHSKIZZEN ALS ZWISCHENBLÄTTER EINZUFÜGEN. DAS IST DAS ERSTE MAL, DASS ICH SO ETWAS VERÖFFENTLICHE… UND ICH HABE FESTGESTELLT, DASS ES MIR PEINLICH IST, MICH ALS ZEICHNER DERART ZU ENTBLÖSSEN… (HEUL) ALSO WOLLTE ICH DIE ZEICHNUNGEN NOCH ETWAS AUFBESSERN, WODURCH SIE LETZTLICH NUR NOCH SCHLIMMER GEWORDEN SIND… IHR DÜRFT RUHIG DARÜBER LACHEN!
I-ICH SCHÄME MICH SO…
JEDENFALLS IST DIES EINER DER GRÜNDE DAFÜR, DASS DIESES TASCHENBUCH – WIE EINIGE VON EUCH SICHER SCHON FESTGESTELLT HABEN – MEHR SEITEN UMFASST HAT ALS GEWÖHNLICH UND EIN RICHTIG DICKER WÄLZER GEWORDEN IST. ♡
ICH HOFFE, DAS ENTSCHÄDIGT EUCH EIN BISSCHEN DAFÜR, DASS DER BAND SO SPÄT ERSCHIENEN IST. ♡♡
EIGNET SICH AUCH ALS SITZKISSEN…
UND JETZT ZU ETWAS GANZ ANDEREM: DAS HÖRSPIEL ZU „PRINCE'S GAME" IST VOR KURZEM BEI MOVIC ERSCHIENEN. (LEIDER KONNTE ICH NICHT MEHR GROSS DAFÜR WERBEN.) UND DAS SIND DIE SPRECHER DER EINZELNEN CHARAKTERE:
SHUKI: MOTOKI TAKAGI
FANLON: SHIN'ICHIRO MIKI
LIREN: DAISUKE HIRAKAWA
RYUEN: TSUTOMU NARITA
SEILAN: TOMOKAZU SUGITA
REI: KOSUKE TORIUMI
RAI: YOSHIYUKI HIYAMA
JIN: EIJI SEKIGUCHI
KAGETSU: HIROSHI SHIMONO
SUZAKU: YASUNORI MASUTANI
FÜR WEITERE EINZELHEITEN WENDET EUCH BITTE DIREKT AN MOVIC.
DANK DIESEM PRÄCHTIGEN LINE-UP IST DAS HÖRSPIEL EIN ECHTES MEISTERWERK GEWORDEN! ♡ (VIEL BESSER ALS DAS ORIGINAL…) ALSO HÖRT DOCH MAL REIN, WENN IHR MÖGT.
HA, HA …
UND MEHR CHARAS GIBT ES AUCH.
(STAND: 1.MAI 2006)

PIRAT VS. FÜNFTER PRINZ ♥ ENDE

ICH HATTE RECHT...
JETZT HABE ICH MICH IN DICH VERLIEBT...
GRIIINS
YURI!! WAS TUST DU DENN DA?
HATTE ICH DIR NICHT GESAGT, DU SOLLST BEIM SCHRUBBEN DES DECKS HELFEN, BEVOR DER STURM LOSGEHT?!
ES IST NOCH GANZ BLUTIG VON DER SCHLACHT!
AH, KULON!!

AH ...
AH ...
KULON...
ICH...
... KANN NICHT MEHR...
YURI... ICH HABE DICH NUR DESHALB BISHER NICHT ANGERÜHRT...
... WEIL ICH ANGST HATTE, MICH DANN ERNSTHAFT IN DICH ZU VERLIEBEN UND DICH NIE WIEDER FORTLASSEN ZU WOLLEN...

WENN DU SO WEITERMACHST, WEISS ICH GLEICH NICHT MEHR, WER ICH BIN...
... GESCHWEIGE DENN, WIE ICH DICH ANMACHEN SOLL...!!
BUBUMM
BUBUMM
... DAS MACHT NICHTS.
PFF...
DU KÖNNTEST RUHIG ETWAS MEHR SELBSTVERTRAUEN HABEN...
DU HAST NOCH EIN GANZES LEBEN...
... UM DIR MEINE VORLIEBEN UND GE-WOHNHEITEN TIEF IN DEINEN KÖRPER EINZUPRÄGEN, YURI...

... DASS DU DIR AUSGERECHNET EINEN PIRATEN AUSSUCHST...
HI...
HILFE...
BUBUMM
BUBUMM
MEIN HERZ KLOPFT SO LAUT, DASS ICH DAS GERÄUSCH DER WELLEN NICHT MEHR HÖRE...
BUBUMM
UND DAS NUR WEGEN EINES KUSSES...
WA...
WARTE, KULON!!

... WENN ICH IHN VERLIERE...
... AUCH DICH VERLIEREN WÜRDE...
ALS ICH DAMALS SAH, WIE DU VON BYAKKO, EINEM DER VIER MUSKETIERE, VERFOLGT WURDEST ...
... WUSSTE ICH SOFORT, DASS DU EIN PRINZ BIST.
UND DA WIR AUS ZWEI VÖLLIG ANDEREN WELTEN STAMMEN...
... HABE ICH MICH EXTRA ZURÜCKGEHALTEN UND DICH NICHT ANGERÜHRT...
WAS BIST DU DOCH FÜR EIN DUMMER KLEINER PRINZ...

ICH WÄRE FAST GESTORBEN, NUR UM DEINEN OHRRING ZURÜCKZUHOLEN.
DAS SOLLTE DIR EIGENTLICH ZEIGEN, WIE FEST ICH DIESMAL ENTSCHLOSSEN BIN…
… DIR ALL DAS ZU SEIN, WAS DEN TRÄGER DIESES OHRRINGS AUSMACHT!!
… YURI…
… JA, DIESER OHRRING IST MIR LIEB UND TEUER…
DU BIST NUR FÜR DIESEN OHRRING…
DENN ER IST DIE VERBINDUNG ZWISCHEN DIR UND MIR.
DIE EINZIGE, DIE WIR BISHER HABEN…
ICH HATTE ANGST, DASS ICH…

WAS SOLL DAS?!
WIESO BIST DU NICHT IN DEN PALAST ZURÜCKGEKEHRT?!
UND WIESO SPRINGST DU AUCH NOCH FREIWILLIG INS MEER, WO DU DOCH GENAU WEISST, DASS DU SINKST WIE EINE BLEIENTE?!
WENN ICH DIR NICHT HINTERHERGESPRUNGEN WÄRE, LÄGST DU JETZT TOT AUF DEM MEERESGRUND!!
H-HÖR AUF...
... EINFACH ÜBER MEIN LEBEN ZU ENTSCHEIDEN...
ICH KANN NICHT MEHR ZURÜCK!!
SCHLIESSLICH BIN ICH JETZT DEINE FRAU, SCHON VERGESSEN?!!

AH, ICH IDIOT! ICH KANN DOCH GAR NICHT SCHWIM-MEN...
ICH WÜNSCHTE, ICH HÄTTE, BEVOR ICH STERBE...
... WENIGSTENS EINMAL MIT KULON GE-SCHLAFEN...
WIESO HAB ICH MICH NUR SO DAGEGEN GESTRÄUBT...?
ICH HAB DOCH DIE GANZE ZEIT GENAU GEFÜHLT...
... DASS ICH KULON ÜBER ALLES LIEBE...

DER
OHRRING...!!
MEIN...
YURI?!
...KOSTBARER
OHRRING...!
YURI!!

WAH!
WAH!
PASS AUF, KULON...!!
LASS MICH LOS!!
UWAH!
AH!
YURI?!

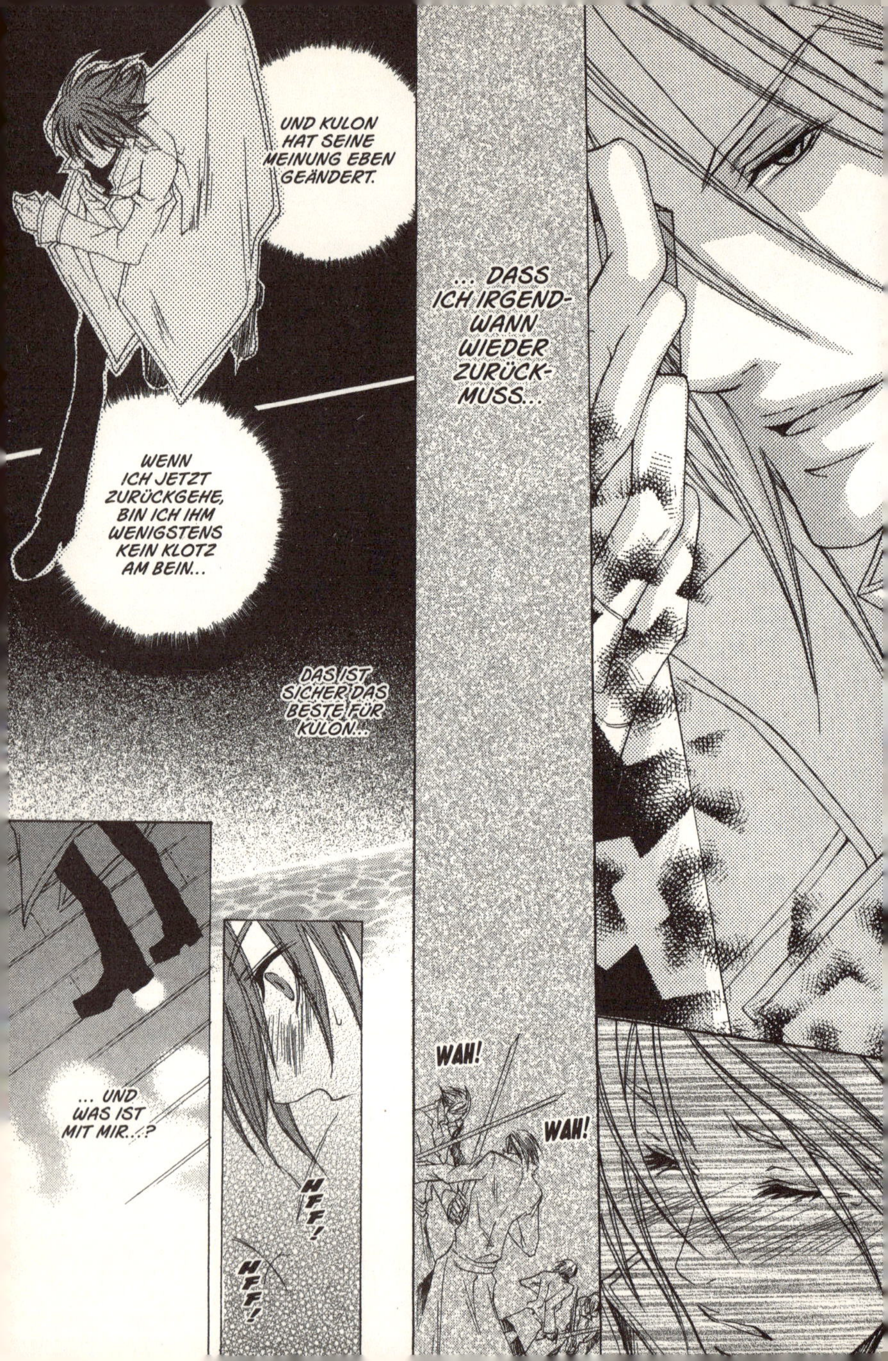
... DASS ICH IRGEND-WANN WIEDER ZURÜCK-MUSS...
WAH!
WAH!
UND KULON HAT SEINE MEINUNG EBEN GEÄNDERT.
WENN ICH JETZT ZURÜCKGEHE, BIN ICH IHM WENIGSTENS KEIN KLOTZ AM BEIN...
DAS IST SICHER DAS BESTE FÜR KULON...
HFF!
HFF!
... UND WAS IST MIT MIR...?

SEI AUF DER HUT, DASS DIE BÖSEWICHTER ...
... DICH NICHT ERWISCHEN!!
TSS!
... WEISS ICH SELBST GANZ GENAU...
ANDERER-SEITS...
WAS FÜR EIN ANFÄNGER-KUSS!

...
SOBALD DU AUF EINEM IHRER SCHIFFE BIST, GIBST DU DICH ZU ER-KENNEN, KLAR?!
MOMENT MAL!!
ICH HAB DA NOCH EIN PAAR FRAGEN!!
WAS FÄLLT DEM EIGENTLICH EIN?!
ERST ERKLÄRT ER MICH KURZERHAND ZU SEINER FRAU...
... DANN RAUBT ER MIR EINEN KUSS NACH DEM ANDEREN...
WARTE!!

W-WIESO …
… TRÄGST DU WIEDER DIESEN OFFIZIERSMANTEL?
KICHER
DAS ER-INNERT MICH AN UNSERE ERSTE BEGEGNUNG…
UM DEN GEGNER ZU VERWIRREN.
DU SOLLTEST DIR DEINE ALTEN KLEIDER AUCH WIEDER ANZIEHEN.
ABER WARUM, KULON…?
ICH WILL NICHT …!!
DU SAGTEST DOCH, DU WÜRDEST MICH NICHT GEHEN LASSEN…
DENN WENN ICH DIESES SCHIFF EINMAL VERLASSEN HABE, WERDE ICH KULON NIE WIEDERSEHEN …!!

YURI...
WIR STEHEN KURZ VOR EINER SCHLACHT.
HÄ...?
BUBUMM
WA...
WAS IST...?
DIE KRIEGS-FLOTTE DER KÖNIGSFAMILIE IST ÜBER-RASCHEND AM HORIZONT AUF-GETAUCHT.
SIE WERDEN UNS BALD ANGREIFEN.
UND DU WIRST DIESE SCHLACHT NUTZEN UND AUF EINES IHRER SCHIFFE SPRINGEN!
WAS?
KULON?!

HÄ?
SEHN-SUCHT ...?
AUSSER-DEM GIBT ES HIER...
HAH!
WAS?!
WAS HABE ICH DA GERADE GEDACHT ...?!
WENN ICH DARÜBER NACHDENKE... ICH HABE NOCH NICHT EIN EINZIGES MAL SEHNSÜCHTIG AN MEINE HEIMAT GEDACHT.
SELBST WENN, WAS WÜRDE MIR DAS SCHON BRINGEN?!
ALS NICHT SCHWIMMENDE BLEIENTE KANN ICH JA WOHL KAUM ZURÜCK-SCHWIMMEN!!
GROAR!
ALSO FRAG NICHT SO DÄMLICH!!
DU BIST EINE BLEI-ENTE...?
WIESO AUCH, WO DAS LEBEN HIER DOCH SO VIEL AUFREGENDER UND SCHÖNER IST...
...

WAS UM ALLES IN DER WELT...
... IST MIT MIR LOS...?
HAAAH...
...
KULON...!!
WAS IST DENN, HAST DU SEHNSUCHT NACH DEINER HEIMAT?

KICHER
UND DU BIST SICHER...
... DASS DU EIN PRINZ BIST?
ICH...
... VERSTEH MICH SELBST NICHT MEHR...
EIGENTLICH HÄTTE ICH DOCH ALLEN GRUND, KULON ZU HASSEN.
UHM...
!!
WIESO WÜHLT MICH DANN JEDE BEWEGUNG VON IHM...
... DERARTIG AUF...?
BUBUMM
BUBUMM

EINE EMPFEHLUNG VOM KOMBÜSENCHEF.
DAMIT DIR WIEDER WÄRMER WIRD.
DAS SIND DIE KARTOFFELN, DIE DIE ANDEREN GERADE GESCHÄLT HABEN.
ALSO GENIESSE SIE.
UWAH!
WIE HEISS DIE SIND...
UND WIE LECKER...!!
... NUN ÜBERTREIB MAL NICHT, DAS SIND DOCH GANZ GEWÖHNLICHE KARTOFFELN.
はぐはぐ
SCHON, ABER SO HEISS HAB ICH SIE NOCH NIE GEGESSEN!!
WENN DER VORKOSTER SIE PROBIERT HATTE, WAREN SIE MEIST SCHON AUSGEKÜHLT.
ODER LIEGT ES DARAN, DASS ICH SIE ZUM ERSTEN MAL MIT DER HAND ESSE...?
HUCH?

HÄ?
SO WAS HAB ICH NOCH NICHT ERLEBT!
WENN DU ES SCHAFFST, MICH EIN BISSCHEN ANZUMACHEN ...
... PROBIEREN WIR ES NOCH MAL!
D-DER SPINNT WOHL!!!
WAS ERWARTET DER DENN, WENN ER MICH ZUM SEX ZWINGT, OBWOHL ICH IHN DOCH HASSE!!!
ZITTER
ZITTER
STOLZ
DABEI WAR ICH DIESMAL AUF ALLES GEFASST...
ABER LETZTLICH WEICHT ER MIR IMMER WIEDER AUS...
SCHMERZ
HUCH...? KOMISCH...
EIGENTLICH SOLLTE ICH DARÜBER DOCH ERLEICHTERT SEIN, ABER STATTDESSEN...
YURI!

NEIN...
KUL...
SCHWEIG, ODER ICH NEHME DICH DOCH ALS GEISEL.
LOS, MACH MICH EIN BISSCHEN AN!
A-ANMACHEN? WIE SOLL DAS DENN GEHEN?!
MN...
HAAAH...
ICH HASSE DICH SCHLIESS-LICH!!
WIE SOLL ICH DICH DA ANMACHEN ...?!
JIEKS!
ÄH...
KUL...
HACH, DU BRINGST ES EINFACH NICHT...

ALS ERSTES WERDEN WIR DIR MAL DEN KOPF ABTROCKNEN!
WAH ...
N-NANU? SELTSAM...
WIESO... WEICHE ICH... SEINEM BLICK AUS...?
...
WIE SEXY DU JETZT AUSSIEHST, YURI...!
KICKER
WA...
WAS SAGST DU D...?
MN...

... HÄTTE ICH WOHL NIE ERFAHREN...
... WIE VIEL SPASS DAS LEBEN...
... IN DER GROSSEN, WEITEN WELT MACHT!
ズ
... KULON!
HAST DU NOCH EIN ANDERES HEMD...?
FÜR MICH...?
ブ
DU SCHON WIEDER?!
WIE SIEHST DU DENN AUS?!
WIR WAREN BEIM DECK-SCHRUBBEN GERADE WOHL ETWAS ZU AUS-GELASSEN...
... UND HABEN UNS GEGEN-SEITIG MIT WASSER BE-SPRITZT...
ETWAS ZU AUSGELAS-SEN?!
...

WENN IHR DIE NICHT IN EINER STUNDE ALLE GESCHÄLT HABT, GIBT'S KEIN ABENDESSEN, VERSTANDEN?!
HÄÄÄ? DAS KÖNNT IHR DOCH NICHT MACHEN, KOMBÜSEN-CHEF...!
UND OB ICH DAS KANN! WER MIST BAUT, DER MUSS AUCH DAFÜR GERADE-STEHEN!!
HEY, DU! GEH HOCH UND SCHRUBB DAS DECK!
A-AYE, AYE!
HILFE!
WENN ICH NICHT AUS DEM PALAST GEFLOHEN WÄRE...
HEY, WARTE MAL, PRINZ!
DU HAST GE-WONNEN, WIR WERDEN DICH NIE WIEDER PRINZESSIN NENNEN.
TSS, DIESE JUGEND VON HEUTE...
WARUM SAGST DU UNS NICHT, WIE DU WIRKLICH HEISST?!

DA HABEN WIR DEN SALAT!!
JETZT DENKEN NATÜRLICH ALLE, DASS WIR SEX MITEINANDER HATTEN!!
DABEI IST NICHTS PASSIERT!!
ZITTER ZITTER
NI...
NIMM DAS ZURÜCK...!
WAS DENN?
GRRR!
ICH BIN WEDER EINE FRAU NOCH EINE SÜSSE NOCH EINE PRINZESSIN !!
ALSO HÖRT AUF, MICH SO ZU NENNEN!
UWAH!
WAS HAT DER DENN?
ZETER MORDIO
EINE PRÜGELEI ?!
JA, PROVOZIERT VON DER FRAU DES KÄPT'NS!
HÄTT ICH DEM GAR NICHT ZUGETRAUT.
DAS SEH ICH MIR AN! ♡

ABER WIESO HAT KULON...
... MICH NICHT AUF DER STELLE GENOMMEN...?
UWAH, WAS FÜR EIN WIND...
UND DANN AUCH NOCH...
... DIESER OHRRING, DER MICH ALS SEINE FRAU AUSWEIST...
DAS IST JA FAST WIE...
NA, SÜSSE?! WAR DER KÄPT'N AUCH NETT ZU DIR?
WIE FÜHLST DU DICH NACH DER ERSTEN NACHT, PRINZESSIN?
ICH WÜRD JA AUCH MAL GERN 'NE NACHT MIT DIR VERBRINGEN!
BUBUMM
HÄ...?
ALS ZEICHEN DAFÜR...
... DASS DU MEINE FRAU BIST...

PIRATEN SIND DOCH BARBAREN UND LÜGNER.
ICH SOLLTE ALSO EIGENTLICH ENTTÄUSCHT VON DIESEM KULON SEIN.
BUBUMM
ABER STATT-DESSEN ...
... DROHT MEIN HERZ...
... SCHON WIEDER MEINE BRUST ZU SPRENGEN...
DIESEN OHRRING WIRST DU AB JETZT TRAGEN.

ICH HATTE DIR DOCH GESAGT, DU SOLLST DICH VOR BÖSEWICHTERN IN ACHT NEHMEN.
AH...
MN...
DIESMAL BERÜHREN SICH...
... UNSERE LIPPEN...

WENN ER MICH ALS GEISEL NIMMT UND EIN LÖSEGELD VOM KÖNIGSHOF VERLANGT...
... WÄRE DAS NICHT NUR FÜRS KÖNIGSHAUS, SONDERN AUCH FÜR UNSER VOLK EINE GROSSE BELASTUNG...
ICH KANN UNMÖGLICH ZULASSEN, DASS SO VIELE MENSCHEN FÜR MEINE DUMMHEITEN GERADE-STEHEN...
...
NA SCHÖN, ICH WERDE MICH NICHT MEHR WIDERSETZEN ...
ALSO LOS, TU ES SCHON!! WORAUF WARTEST DU NOCH?!
ABER EINS VERSPRECHE ICH DIR: WENN DU MICH ALS GEISEL BENUTZT...
... WIRST DU DAS BITTER BEREUEN!!

I...
ICH SCHLAF DOCH NICHT MIT JEMANDEM, DEN ICH NOCH NICHT EINMAL MAG!!
PFF...
HI, HI, HI ...
WA-WAS IST DENN?!
FINDEST DU DAS ETWA LUSTIG?!
ODER WIESO LACHST DU?!
KICHER
ICHER
IN DEM FALL SOLLTE ICH DICH VIELLEICHT DOCH LIEBER ALS GEISEL NEHMEN UND EIN LÖSEGELD FÜR DICH ER-PRESSEN.
HÄ...?

WA-WAS SOLL DAS?!
LASS MICH...
YURI...
UNTER PIRATEN HEISST ES, WENN MAN EINE FRAU AUFS SCHIFF LÄSST, ZIEHT MAN DEN ZORN DER GÖTTER AUF SICH.
HÄ...?
DESHALB HOLE ICH MIR, WENN ICH AUF SEE BIN, EINEN MANN AN STELLE EINER FRAU INS BETT.
BUBUMM
BUBUMM
SOLL DAS ETWA HEISSEN...
... ICH SOLL...
GANZ RECHT.
DU WIRST MIR AB HEUTE ALS FRAU BEFRIEDIGUNG VERSCHAFFEN!
WAS?!

PFF...
WIE'S SCHEINT, HAST DU DICH ETWAS BERUHIGT.
KULON ...!!
KOMM, ICH NEHME DIR DIE FESSELN AB.
ALSO HALT STILL!
...
PUH!
MMH, WIE DU DUFTEST...
ALS PRINZ BENUTZT DU NATÜRLICH NUR DIE TEUERSTEN PARFUMS...
ZUCK

YURI...
GLAUB JA NICHT, DASS DU MIR AUCH EINFACH WEGLAUFEN KANNST, KLAR?!
OB BYAK-KO...
... UND DIE ANDEREN WOHL NOCH NACH MIR SUCHEN...?
HAAAH...
WENN SIE ERFAHREN, DASS ICH VON PIRATEN ENTFÜHRT WURDE...
... GIBT DAS GARANTIERT RIESEN-PROBLEME...

DIESER JUNGE HIER IST AB HEUTE MEINE FRAU.
UND WER IHN HABEN WILL, MUSS IHN MIR STEHLEN!
ICH SOLL EINEN KERL, DER AN DIE HUNDERT MANN GETÖTET HAT, BESTEHLEN...?
SCHWEIG
DAFÜR IST MIR MEIN LEBEN ZU TEUER...
DEINE FRAU...?
WAS SOLL DAS DENN HEISSEN ...?!
HÄ...?
BUBUMM
GRIEN
VER-STEHE... DAS IST NATÜRLICH AUCH KEINE ÜBLE STRAFE...
... FÜR EINEN STOLZEN PRINZEN.
HEHE!
VON DEN DEMÜTIGUNGEN, DIE IHN ER-WARTEN, HAT ER BISHER SICHER NICHT EINMAL ZU TRÄUMEN GEWAGT.
HEHE!
W-WIE BITTE?

… LASST IHN LOS!
HÄ?
ICH WERDE DAS KEIN ZWEITES MAL SAGEN UND HOFFE, KEINER VON EUCH…
… IST SO DUMM, MICH AUF DIE PROBE ZU STELLEN!
HUST!
HUST!
ALSO HÖRT ZU, LEUTE!
… TÖTEN…!

ALSO, WAS MACHEN WIR MIT IHM? SOLLEN WIR IHN IN STÜCKE SCHNEIDEN UND IN DEN PALAST ZURÜCKSCHICKEN?
HEY, WARTE! DAS HAT DOCH NOCH ZEIT. ZUERST SOLLTEN WIR NOCH EIN HÜBSCHES LÖSE-GELD FÜR IHN ERPRESSEN!
BRINGT IHN LIEBER GLEICH UM!
GENAU, ERLEDIGT IHN...
BUBUMM
NEIN!
LASST MICH LOS!
BUBUMM
FRÜHER ODER SPÄTER STIRBST DU EH!
LIEBER GOTT, WARUM?!
WARUM MUSS MIR...
... AUS-GERECHNET SO ETWAS PASSIEREN, WO ICH DOCH JETZT ENDLICH FREI BIN...
HALT STILL, VER-DAMMT!
AUA!
DIESE PIRATEN WERDEN MICH...

HAST DU EINE AHNUNG, WIE HOCH DIE PRÄMIE IST, DIE AUF MEINEN KOPF AUSGESETZT WURDE?!
PFF!
DA MUSS ICH MICH SCHON EIN BISSCHEN VERKLEIDEN, WENN ICH AN LAND GEHE.
WIE BITTE...?
DANN IST DAS HIER...
... WIRKLICH EIN PIRATEN-SCHIFF...?
HIER-GEBLIEBEN, FREUNDCHEN !!
DIE KÖNIGS-FAMILIE HAT MEINEN SOHN GETÖTET...!!
UND ICH HABE WEGEN EUCH MEINEN BESTEN FREUND VER-LOREN!

TATSÄCHLICH, DAS IST DER MANN, DER MIR VORHIN AUS DER KLEMME GEHOLFEN HAT...!!
EIN PRINZ?! DIESER KNIRPS?!
IST DAS WAHR, KÄPT'N?!
DAS SOLL ER SEIN?!
NIE-MALS!
ICH BIN KULON, DER KAPITÄN DIESES SCHIFFES...
ABER IST KULON NICHT DIESER BERÜCHTIGTE PIRAT, DER UNSEREM REICH SO VIEL ÄRGER MACHT...?!!
ICH GLAUBE DIR KEIN WORT!!
EBEN HATTEST DU DOCH NOCH EINE MARINEOFFIZIERS-UNIFORM AN...

... WIESO BIN ICH GEFESSELT...?
!!
Ä-ÄH, ICH BIN DURCH EIN VERSEHEN AUF DIESEM SCHIFF GELANDET...
... UND WERDE IM NÄCHSTEN HAFEN WIEDER VON BORD GEHEN...
IR... IRGENDWAS STIMMT HIER NICHT...
BUBUMM
LEIDER KANN ICH MEIN SCHIFF NICHT WENDEN, BLOSS WEIL EIN PRINZ VON ZU HAUSE AUSGEBÜCHST IST...
... ABER ICH HEISSE EUCH HERZLICH WILLKOMMEN AUF UNSEREM PIRATENSCHIFF, YURI-SAMA!
DIESE... STIMME...
KICHER

... ALS WÜNSCHTE ICH MIR, DASS ER MICH RICHTIG KÜSST...
...!!
...!!
HM?
WAS IST DAS...?
WIESO SCHAUKELT DAS AUF EINMAL SO...?
LOS, RUFT DEN KÄPT'N ...!
WER IST DAS ?!
UND DIESER GERUCH...
WAS?!
DAS MEER ?!
OH NEIN!
DANN GEHÖRTE DIE KISTE ZUR LADUNG EINES SCHIFFES ...?!

UNSERE LIPPEN HABEN SICH DOCH GAR NICHT BERÜHRT...
AUSSER-DEM WAR DIESER OFFIZIER DOCH EIN MANN...
ICH VERSTECK MICH ERST MAL HIER.
... UND UNTER MÄNNERN TUT MAN SO ETWAS DOCH GAR NICHT...
ABER WIESO...
... WAR ICH DANN SO ERREGT...?
スッ
BUBUMM
BUBUMM
ES WAR FAST SO...
... UND DOCH IST MEIN HERZ MIR FAST AUS DER BRUST GESPRUNGEN...

HAH!
HAB MICH WOHL GEIRRT...
!!
KICHER
SEI AUF DER HUT, DASS DIE BÖSEWICHTER DICH NICHT ERWISCHEN.
... SIE SIND WEG.
BUBUMM
BUBUMM
WAS... WAR DAS DENN...?

ENT-
SCHULDIGE!
HÄ?
WAS...?!
WAH
!

DER ERSTE MENSCH, DEM ICH DRAUSSEN BEGEGNETE...
YURI-SAMA!!
ZUCK
BUBUMM
HERRJE, SIE HABEN MICH ENTDECKT!!
UND WENN SIE MICH ZURÜCKBRINGEN, LASSEN SIE MICH GARANTIERT NIE WIEDER RAUS!!
BUBUMM
... WAR EIN HOCH GEWACHSENER MARINE-OFFIZIER...
ZITTER
DIESMAL WERDE ICH WOHL ENDGÜLTIG IN DEN KÖNIGSPALAST EINGESPERRT...
ZITTER

PIRATE'S GAME
PIRAT VS. FÜNFTER PRINZ

UND ICH SEHNTE MICH...
BUBUMM
... NACH DER FREIHEIT IN DER GROSSEN, WEITEN WELT AUSSERHALB DER PALAST-MAUERN...
ALLES IN ORDNUNG?

PIRATE'S GAME
PIRAT VS. FÜNFTER PRINZ
ICH HATTE ES SATT...
YURI-SAMA?!
YURI-SAMA!!
HAAAH...
UM HIMMELS WILLEN!! YURI-SAMA IST NIRGENDS ZU FINDEN!!
BYAKKO! SUCH DU DRAUSSEN NACH IHM!!
HAAAH...
... BLOSS WEIL ICH EIN PRINZ WAR, STÄNDIG NUR ZU STUDIEREN...
... UM DANN MEIN LEBEN IN EINEM GOLDENEN KÄFIG ZU VERBRINGEN...
UWAH...
ENTSCHUL...
!!

Xulon & Yuri

Airi & Homura

DARAUF SOLLTEST DU VON JETZT AN BEI JEDEM UNSERER HEIMLICHEN TREF-FEN GEFASST SEIN.
KICHER
DENN IN DIR IST MIR AM WÄRMSTEN.
BLUSH
PAH, VON MIR AUS KANNST DU DICH ERKÄLTEN SO VIEL DU WILLST!!
SCHNAUF
SCHNAUF
AM NÄCHSTEN TAG:
... DU BIST WOHL JETZT DER KRÄNK-LICHERE VON UNS, HOMURA...?
HUST!
HUST!!
SCHNIEF
KLAPPE! DAS NÄCHSTE MAL LOSEN WIR, KLAR?!!
SCHNIEF
↑ UMS OBEN UND UNTEN.
SECHSTER PRINZ VS. DRITTER PRINZ ♥ ENDE

SCHLUCK
HAAAAH...
HAAAAH...
W-WOW, IST ER DRIN...?
AUTSCH... VERDAMMT!!
HÖR AUF, DICH ZU BEWEGEN...
WAAAH...
AAAH!
ICH...
MN...
MIST...
LASS DAS!
HOMURA...
AAAH...

ICH WERD DIR MEINE MÄNNLICHKEIT SCHON BEWEISEN!!
HE-HE-HE!
... NA SCHÖN.
WIE SÜSS...
HAAAAH...
... SAG MAL...
... WAS TUST DU DENN DA...
HAAAAH...
ABER STATTDESSEN ...
AH!
... WÄHREND ICH DICH HIER LIEBKOSE...?
HOMURA...
NIMM KEINE RÜCKSICHT AUF MICH...
... UND KOMM!

BUBUMM
... ABER NUR DASS DU BESCHEID WEISST...
BUBUMM
ICH WERDE GANZ BESTIMMT NICHT BRAV UND UNTERWÜRFIG SEIN...
ZITTER
ZITTER
ABER HOMURA... AUSZIEHEN KANN ICH MICH DOCH SELBST...
H-HALT DIE KLAPPE UND SEI STILL!!
DAS DAUERT MIR ALLES ZU LANG!!!
JA, ICH BIN BEREIT DAFÜR.
ABER GLAUB JA NICHT, DASS ICH DIR DES-HALB DIE FÜHRUNG ÜBERLASSE !!

HOMURA...
AIRI...!!!
WIE KÖNNTE ICH DICH HASSEN...
... WO ICH DOCH NUR WEGEN DIR NOCH AM LEBEN BIN.
BEWEISE MIR, DASS DU WIRKLICH BEREIT BIST DAFÜR.

... ALS ICH SO VERZWEIFELT WAR...
HUST!
HUST!
DU WIRST STERBEN?
... DAS LASSE ICH NICHT ZU!!
ICH WERDE DICH BESCHÜTZEN!!
DU HAST MEINE VERZWEIFLUNG DAMALS DURCHS FENSTER DAVONGEJAGT.
UND ICH WAR SEIT DIESEM TAG...
... SO FEST ENTSCHLOSSEN, DICH NIEMALS EINEM ANDEREN ZU ÜBERLASSEN...
... DASS ICH MEINE KRANKHEIT ÜBERWAND.

DU HAST MIR DEN LAUFPASS GEGEBEN.
DU HAST MICH ZURÜCK-GEWIESEN, WEIL DU DICH OFFENBAR IN RYUGA VERLIEBT HAST!
WAS?
SPINNST DU?!
ICH VERLIEB MICH DOCH NICHT IN EINE WANDELNDE EROGENE ZONE!!
UND ICH WAR MIR GANZ SICHER...
DESHALB HAB ICH NEULICH SO REAGIERT! WEIL ICH AUF RYUGA EIFERSÜCHTIG WAR!
... DU HASST MICH ALSO NICHT...?
HOMURA! ERINNERST DU DICH...
... AN JENEN TAG...

ICH BRING IHN UM, DIESEN VERDAMMTEN MISTKERL!!
DAS WIRD ER MIR BÜSSEN!
HOMURA!
STIMMT DAS, WAS DU EBEN GESAGT HAST?
BUBUMM
WILLST DU DICH MIR WIRKLICH GANZ HINGEBEN?
BUBUMM
BUBUMM
S-SELBST WENN…
DU SAGTEST DOCH: „KOMM MIR NICHT ZU NAHE"…
DU BIST ES DOCH…
… DER MICH NEUERDINGS HASST…
DAS IST NICHT WAHR.

… WER STIRBT DENN HIER?
WAS WILLST DU HIER?!
HÄ?!
DU BIST JA GANZ DURCHWEICHT VOM SCHNEE!!
AIRI?!!
VERDAMMT! RYUGA HAT MIR ERZÄHLT…
… DU WÄRST UMGEFALLEN UND LÄGST IM STERBEN!!
ABER WIE ICH SEHE, GEHT ES DIR JA BESTENS!!
ICH? STERBEN?
ICH WAR NUR DEPRIMIERT UND HAB MICH HINGELEGT.
DA HAT RYUGA DIR WOHL EINEN BÄREN AUFGEBUNDEN…

JETZT BIN ICH ENDLICH BEREIT, MICH DIR GANZ HINZUGEBEN! UND AUSGERECHNET DANN…
DAS IST NICHT FAIR…
DU KANNST DOCH JETZT, WO WIR GETRENNT SIND, NICHT EINFACH STERBEN…

EGAL, WIE VIELE MEDIZIN-BÜCHER ICH GELESEN HABE...
... LETZTENDLICH KANN ICH NUR OHNMÄCHTIG ZUSEHEN. GENAU WIE DAMALS ALS KIND...
DAS EINZIGE, DAS GROSS UND ERWACHSEN GEWORDEN IST, IST MEIN STOLZ...
... ABER JETZT...
... MÖCHTE ICH, DASS DU MICH WÄRMST...

ICH KONNTE DIR DOCH NOCH GAR NICHT SAGEN, DASS ICH DICH LIEBE...!
SCHLUCK
OH NEIN...
AIRI...
... ICH HAB DIR DOCH GESAGT...
... DU SOLLST DICH WÄRMER ANZIEHEN, DUMMKOPF...
ES IST GENAU WIE FRÜHER ...

ER HAT DAS BEWUSSTSEIN IMMER NOCH NICHT WIEDERERLANGT.
WIE BITTE?!
DA FÄLLT MIR EIN: BEI UNSEREM LETZTEN TREFFEN SAH ER ZIEMLICH BLASS AUS!!
UM HIMMELS WILLEN!
WAS, WENN AIRI STIRBT?!
AIRI...!
AIRI...!!
WAS SOLL ICH DENN DANN TUN...?!

DAS IST DOCH ETWAS GANZ NATÜRLICHES.
WIE KANN MAN NUR WEGEN EINEM BISSCHEN SEX EIN DERARTIGES THEATER MACHEN?
DU FÜHLST UND DENKST DOCH EH NUR MIT DEM UNTERLEIB!
ALSO LASS MICH IN RUHE!
ICH BIN SELBST SCHULD...
... SO SELBSTSÜCHTIG, WIE ICH WAR...
...
... DER ARME AIRI.
ES MUSS HART SEIN ZU WISSEN, DASS ER VIELLEICHT STIRBT...
... OHNE JE RICHTIG MIT DIR ZUSAMMEN GEWESEN ZU SEIN.
はっ
RED KEINEN UNSINN, AIRI STIRBT DOCH NICHT!!
MIT SO WAS SCHERZT MAN NICHT!
... DANN WEISST DU WOHL NOCH GAR NICHT...
... DASS AIRI VOR EINIGEN TAGEN, KURZ NACHDEM ER DICH ABGEWIESEN HATTE, EINEN OHNMACHTSANFALL HATTE...?

AI...
SCHLUCK
WAS...?
DAS GLAUBE ICH NICHT ...
KOMM MIR BITTE NICHT ZU NAHE!

AIRI SAGTE DOCH, ER WÜRDE WARTEN.
ICH WERDE IHN EINFACH BEIM WORT NEHMEN UND IHN BITTEN, AUF MICH ZU WARTEN...!!
AIRI!!
SCHLIESSLICH BIN ICH...
HÖR MAL...
... ICH...
... IN IHN VERLIEBT...
FASS MICH NICHT AN!!

ICH BIN GLEICH ZURÜCK!!
ICH WILL MICH NICHT VON IHM TRENNEN!!
ICH WAR NUR SO VERWIRRT UND AUFGE-WÜHLT...
... NACHDEM ICH GEHÖRT HATTE, WAS DA AUF MICH ZUKOMMT.
GENAU!

HÄ...?
BUBUMM
WARUM LÄSST DU ES NICHT ZU, DASS ER DIE FÜHRUNG ÜBERNIMMT?!
DU HAST DOCH NUR DESHALB ANGST DAVOR...
... WEIL DU FÜRCHTEST, DASS AIRI OHNEHIN SCHON DER MÄNNLICHERE VON EUCH BEIDEN IST.
WIE BITTE...?
AUSGE-RECHNET ICH SOLL...?!
WILLST DU DICH WIRKLICH ...
... FÜR IMMER VON IHM TRENNEN?
HAH...

HATTEST DU SOLCHE ANGST…
… ALS ER DIR NÄHERKOMMEN WOLLTE?
VOR SO ETWAS HABE ICH DOCH KEINE ANGST!!
… BEI AIRI SCHON, ODER ETWA NICHT?!
SIEH, WAS DU ANGE-RICHTET HAST!

ICH... KANN NICHT MEHR DEIN GELIEBTER SEIN...!!
... DASS ICH IHN ABWEISE ...
KYAH!
KYAH!
VERSTEHE... DESWEGEN TUT ER DAS ALSO.
ER IST JA AUCH ALLSEITS SEHR BE-GEHRT.
...
AIRI...

FA-FASS MICH NICHT AN!!
UWAH, WAS HABE ICH GETAN...?!
T-TUT MIR LEID, AIRI!!
HOMURA ...
UM HIMMELS WILLEN, ICH HABE AIRI GESCHLAGEN!
E-ES GEHT NICHT, AIRI...
ICH KANN ES SELBST NICHT FASSEN...

HÄ? WIESO?
WAS SOLL SCHON SEIN?!
MIST!
JETZT, WO ER HIER IST, MUSS ICH DIE GANZE ZEIT DRAN DENKEN...
HOMURA? IST DIR NICHT GUT...?
HÄ?
HOMURA... DU BIST JA GANZ ROT...
HAST DU FIEBER...?

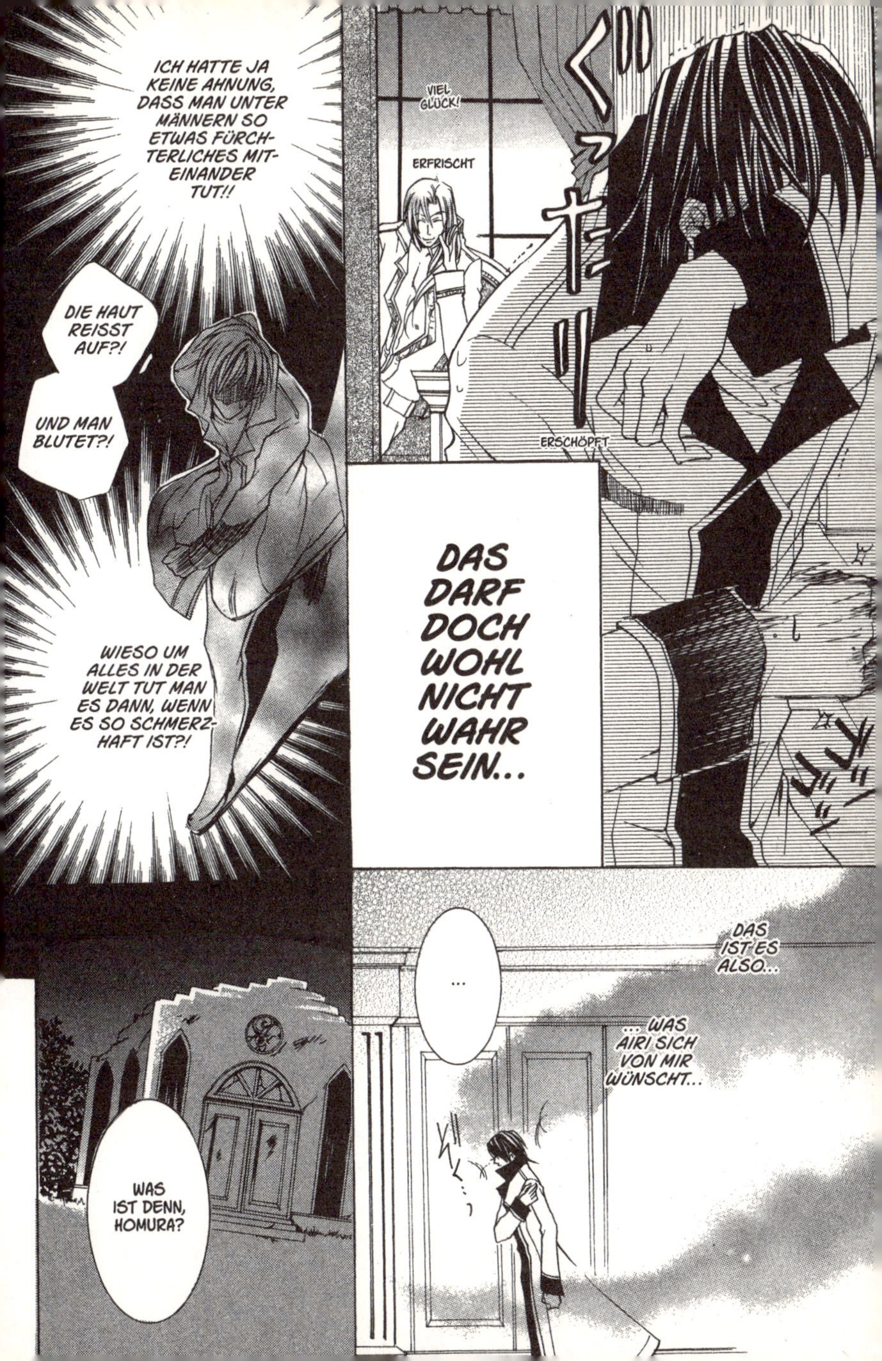
VIEL GLÜCK!
ERFRISCHT
ERSCHÖPFT
ICH HATTE JA KEINE AHNUNG, DASS MAN UNTER MÄNNERN SO ETWAS FÜRCHTERLICHES MITEINANDER TUT!!
DIE HAUT REISST AUF?!
UND MAN BLUTET?!
WIESO UM ALLES IN DER WELT TUT MAN ES DANN, WENN ES SO SCHMERZHAFT IST?!
DAS DARF DOCH WOHL NICHT WAHR SEIN...
DAS IST ES ALSO...
... WAS AIRI SICH VON MIR WÜNSCHT...
...
WAS IST DENN, HOMURA?

WEISST DU DENN ÜBERHAUPT SCHON, WIE DAS GEHT?
NA-NATÜRLICH WEISS ICH DAS!!
ENT-SCHULDIGE, ICH WOLLTE DIR NICHT ZU NAHE TRETEN.
NA JA...
... MAN STREICHELT SICH GEGENSEITIG AN EINER GEWISSEN STELLE...!!
HÄ?!

WAS IST EIGENTLICH LOS MIT MIR?
WIESO HABE ICH AUF EINMAL ANGST VOR AIRI...?!
...
DU BIST ALSO GE-KOMMEN...
...UM AUSGERECHNET MICH ZU FRAGEN, WIE MAN IN EINER MÄNNERBEZIEHUNG DIE FÜHRUNG ÜBERNEHMEN KANN?
VIERTER PRINZ RYUGA
WEM SOLLTE ICH DIESE FRAGE SONST STELLEN, WENN NICHT DEM FLATTERHAFTESTEN UND TREULOSESTEN MANN DES GANZEN REICHES. ♥
DEIN WEG IST DOCH GEPFLASTERT MIT NACKTEN MÄNNERN!
KICHER
TJA, MIR KANN EBEN KEINER WIDER-STEHEN. ♡

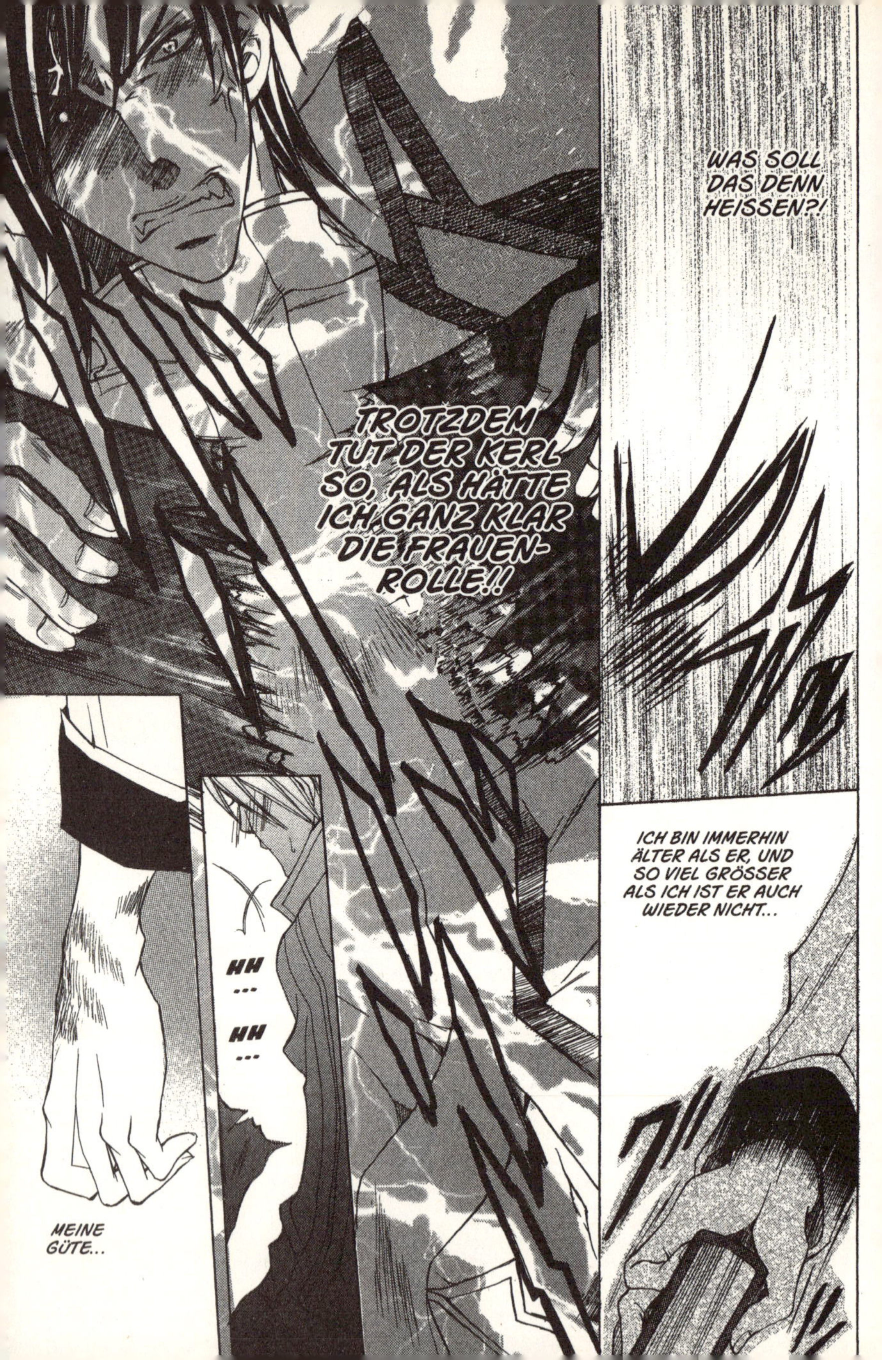
WAS SOLL DAS DENN HEISSEN?!
TROTZDEM TUT DER KERL SO, ALS HÄTTE ICH GANZ KLAR DIE FRAUEN-ROLLE!!
ICH BIN IMMERHIN ÄLTER ALS ER, UND SO VIEL GRÖSSER ALS ICH IST ER AUCH WIEDER NICHT...
HH...
HH...
MEINE GÜTE...

OFFENBAR HAST DU ANGST DAVOR...
UND ICH WILL DICH AUF KEINEN FALL DAZU DRÄNGEN.
DANN WARTE ICH LIEBER, BIS DU SO WEIT BIST, HOMURA.
STUTZ
WAS...?

SEIT WANN HAT DER SO VIEL KRAFT ...?!
AH...
LASS DAS!
ICH KANN ES GAR NICHT FASSEN, DASS DAS MEIN KLEINER, SÜSSER AIRI SEIN SOLL ...!!
HAH!
AIRI!!
HÖR AUF DAMIT!!
... ICH HÄTTE WOHL DOCH...
... NOCH ETWAS WARTEN SOLLEN.
...

KOMM SCHON, SIEH MICH AN!
DEN EWIG KRÄNKLICHEN UND SCHWACHEN AIRI GIBT ES NICHT MEHR!
...
WAS ZUM TEUFEL...
... REDEST DU DA?!
DAS GLAUBE ICH NICHT!!

WAS SOLL DAS DENN AUF EINMAL?!
BISHER HABEN WIR UNS DOCH IMMER NUR GEKÜSST!!
HUCH?
AIRI?!
WO FASST DU MICH DENN AN?! LASS DAS, DU BIST DOCH NOCH EIN KIND!!
... DU BIST DER EINZIGE, DER MICH IMMER NOCH FÜR EIN KIND HÄLT, HOMURA.
HMPF ...
DABEI BIST IN WAHRHEIT DU DERJENIGE, DER SICH WIE EIN KIND BENIMMT!!
WAS ...?!

UND SO TREFFEN WIR UNS NACH WIE VOR REGELMÄSSIG UND HEIMLICH IN DIESER ALTEN RUINE...
ZIEH DIR LIEBER AUCH WAS ÜBER, SONST ERKÄLTEST DU DICH NOCH!
TÄTSCHEL
WENN DIR SO HEISS IST...
... DANN WÄRME MICH DOCH AM BESTEN SELBST!
TROTZDEM FÜHLE ICH IMMER NOCH DIESELBE LIEBE FÜR IHN WIE DAMALS, ALS WIR NOCH KLEIN WAREN.
UND NIE HÄTTE ICH GEDACHT, DASS ER MAL SO WERDEN WÜRDE...

ICH FÜHLE MICH BE-TROGEN!
... AIRI...
AUCH DU KANNST EIN ARZT SEIN
BAND 12
IN MEINER ERINNERUNG IST ER IMMER NOCH DER SÜSSE, ZERBRECHLICHE JUNGE...
ドッ
MIR IST IMMER HEISS UND AUSSERDEM BIN ICH DER ÄLTERE VON UNS BEIDEN!!
DU BIST DERJENIGE MIT SCHWÄCHLICHER KONSTITUTION, ALSO ZIEH DICH ORDENTLICH AN!!
GLEICH ZWEI AUF EINMAL?
KICHER

ABER ALS MIR KLAR WURDE, DASS DAS LIEBE WAR...
... WAR ICH BEREITS ABGE-RUTSCHT UND GEFALLEN...
BUBUMM
ETWAS TAKTLOS, SO ETWAS ZU UNSEREM GEHEIMEN TREFFEN MIT-ZUBRINGEN...
... FINDEST DU NICHT, HOMURA?
BRRR...
IST DAS KALT...

ICH WERDE SCHON BALD STERBEN.
HUST!
ALS DER SECHSTE PRINZ DIESE WORTE HERVORSTIESS...
... ERSCHIEN ER MIR SO HELDENHAFT UND SCHÖN...
ALSO KOMM MIR LIEBER NICHT ZU NAH...
HUST!
HUST!
... DASS ICH, DER DRITTE PRINZ...
... MICH VERZWEIFELT AM FENSTER FESTKLAMMERN MUSSTE, UM NICHT ABZURUTSCHEN...

King's Game
SECHSTER PRINZ
VS. DRITTER PRINZ

Ohga & Renge

AAAH!
AUTSCH!
GIB IHN MIR ZURÜCK...!
DANKE, BRUDER!
ALLES OKAY? ICH HAB EXTRA HART ZUGESTOSSEN, WEIL ICH DACHTE, DU FREUST DICH DARÜBER.
DU BIST DOCH EIN MASOCHIST...!
!!
EXTRA, SAGST DU?!
ABER ICH HABE KEINE LUST, ZURÜCKZUKOMMEN...
ICH HABE NÄMLICH IN DIESEM LAND...
DU KANNST DOCH GAR NICHT ANDERS, DU BRUTALO.
...ENDLICH JEMANDEN GEFUNDEN, DER MICH BRAUCHT.
KÖNIG VS. PRINZ FINAL STAGE ♥ ENDE

WOHER WEISST DU, WAS DA STEHT? DU HAST DOCH NICHT MAL DEINE BRILLE...
SEI FROH, DASS DU IHN ÜBERHAUPT LESEN DURFTEST.
DA IST WOHL MEIN EDELMUT MAL WIEDER DURCHGE-BROCHEN, DEN ICH DOCH EXTRA FÜR DICH ABGELEGT HATTE.
!!
... ICH HIELT DICH DAMALS NÄMLICH FÜR EINEN SÖLDNER UND DACHTE...
... WENN MEIN NAME WEITHIN BERÜHMT UND BERÜCHTIGT SEI, WÜRDE ICH DICH EINES TAGES VIELLEICHT WIEDERSEHEN.
BUBUMM
DANN HAT OHGA MICH...
... SEIT JENEM TAG...
... DIE GANZE ZEIT... GEBRAUCHT ...?!
BUBUMM
BUBUMM

„DIESMAL WERDE ICH DICH MIT ALL MEINER MACHT BESCHÜTZEN...“
„... SO WIE DU MICH DEIN LEBEN LANG BESCHÜTZT HAST.“
SCHMACHT
BRUDER...!
HE-HEY, WIESO TUST DU DAS?!
WEIL DU WOMÖGLICH WIEDER NACH HAUSE WILLST, WENN DU SO WAS LIEST.

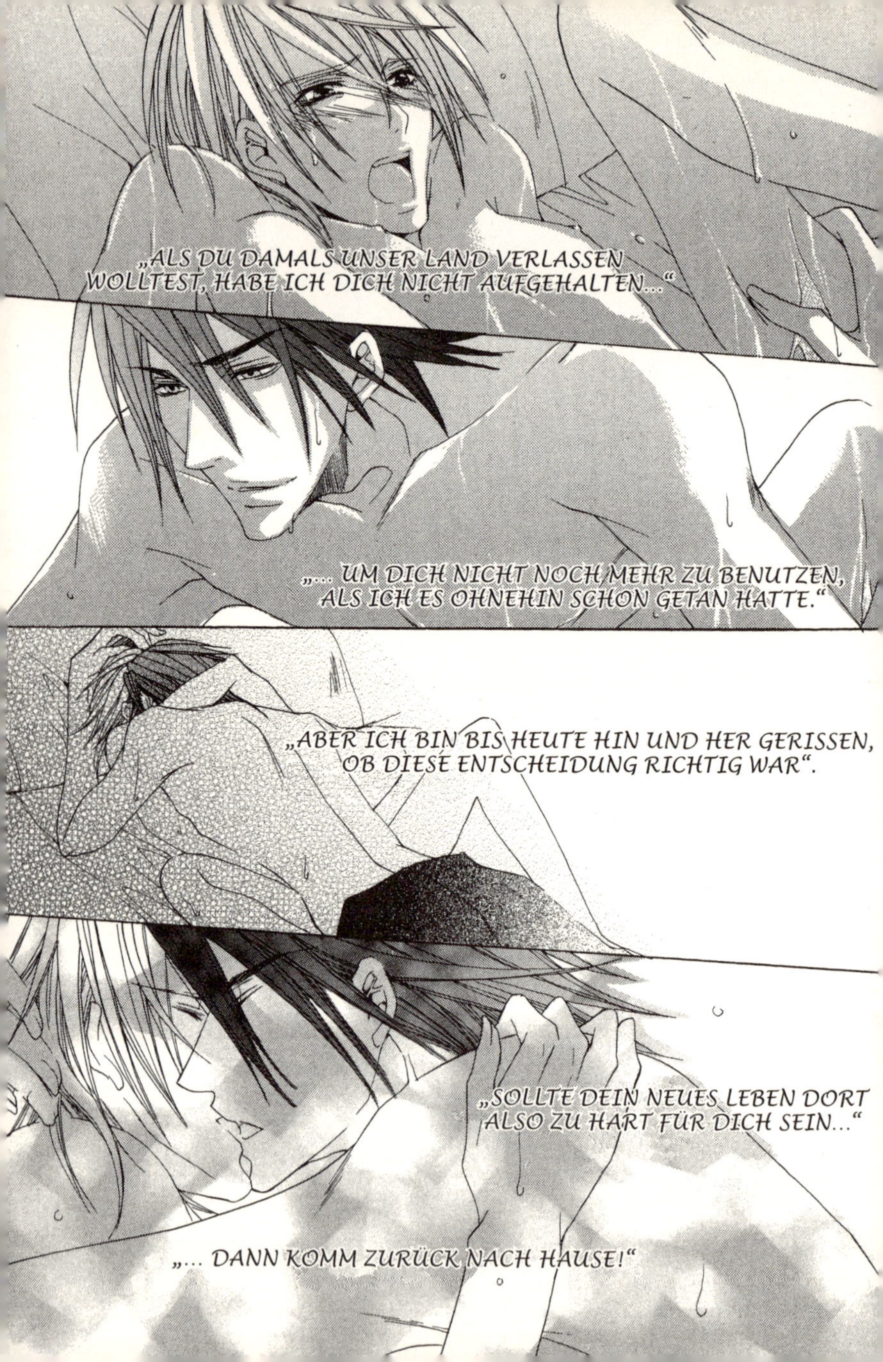
„ALS DU DAMALS UNSER LAND VERLASSEN WOLLTEST, HABE ICH DICH NICHT AUFGEHALTEN…“
„… UM DICH NICHT NOCH MEHR ZU BENUTZEN, ALS ICH ES OHNEHIN SCHON GETAN HATTE.“
„ABER ICH BIN BIS HEUTE HIN UND HER GERISSEN, OB DIESE ENTSCHEIDUNG RICHTIG WAR“.
„SOLLTE DEIN NEUES LEBEN DORT ALSO ZU HART FÜR DICH SEIN…“
„… DANN KOMM ZURÜCK NACH HAUSE!“

BUBUMM
OH RENGE... ENDLICH GEHÖRST DU MIR...
UH...
AAAH...
„MEIN GELIEBTER RENGE!“

GUTCHA
AH...
AAAH ...
GUTCHA
NA, SIEHST DU, WIE ZÄRTLICH ICH BIN?
ICH KÖNNTE EWIG SO WEITER-MACHEN.
ALSO...
... MIR REICHT'S LANGSAM...
SAG DOCH SO WAS NICHT!
WENN ICH ES SCHON MEINEN UNTER-TANEN NICHT ZEIGEN KANN...
... MÖCHTE ICH, DASS WENIGSTENS DU MEIN ZÄRTLICHES ICH AUSGIEBIG KENNEN-LERNST.
DAS NENNST DU ZÄRTLICH?!
ZUCK
HÖR ENDLICH AUF DAMIT!! WER SAGT DENN...
... DASS ICH NUR ZÄRT-LICH BEHANDELT WERDEN WILL? ICH WILL, DASS DU...

WENN DU ES BIST...
... WERDE ICH ES SCHON IRGENDWIE ÜBERSTEHEN...
ALSO BITTE... TU ES...
ICH BIN GEKRÄNKT.
IN WAHRHEIT BIN ICH NÄMLICH SEHR ZÄRTLICH.

UWAH!
HÄ?!
... HAST DU IMMER NOCH ANGST VOR MIR?
KEIN WUNDER, NACHDEM ICH DICH SO BEHANDELT HABE, AUCH WENN ICH ES NUR FÜR MEIN REICH TAT...
WENN ER MIT DIESER ZÄRTLICHEN STIMME ZU MIR SPRICHT, WIRD MIR GANZ...
DA-DAS IST ES NICHT!!
MEIN HERZ HAT NUR AUF EINMAL SO GERAST...
HACH, ICH BIN WOHL TATSÄCHLICH EIN MASOCHIST!!
DENN OBWOHL DU MICH SO FIES BEHANDELT HAST, HABE ICH MICH IN DICH VERLIEBT.
UND IMMER WENN DU MEINE WUNDE MIT SALBE BESTRICHEN HAST, IST MIR GANZ SCHUMMERIG GEWORDEN...!!!
HEY... RENGE! BERUHIGE DICH...

OHGA HAT DAS NUR GESAGT, UM MICH ZU BE-SCHÜTZEN...
ICH LIEBE DICH.
BRUDER ...?
SIEHT GANZ SO AUS, ALSO GEHEN WIR!
ER KOMMT NICHT, FAN-LON...
DER FEIND HAT IHN UMGE-DREHT.
RENGE...

ICH WILL BEI DIR BLEIBEN, OHGA...
ICH WILL DIE RECHTE HAND DESJENIGEN SEIN...
... DEN ICH AM MEISTEN LIEBE...!!
ALS ER SAGTE, ICH SOLLE ZURÜCK-GEHEN...
RENGE...
... TAT ER DIES, WEIL ER WUSSTE...
... DASS ICH MICH NUR VON MEINEM BRUDER GETRENNT HATTE, UM IHN ZU BE-SCHÜTZEN.

WAS... HAT ER DA GERADE GESAGT...?
... N...
NEIN...
AUCH WENN MEIN HAAR WIEDER LANG IST...
... UND ICH ALS GEISEL KEINEN WERT MEHR HABE...
ICH WERDE NICHT ZURÜCK-GEHEN...
RENGE...!

ZUMINDEST NICHT, BIS DEIN HAAR WIEDER GEWACHSEN IST.
BITTE BLEIB BEI MIR...

ICH LASSE DICH NICHT GEHEN!

UWAH! ER HAT UNS ENTDECKT!!
KOMMT MIT NACH HAUSE!!
RENGE-SAMA!!
BRUDER!!
KOMMT, RENGE-SAMA, SCHNELL!!
ICH VERSPRECHE EUCH, DASS MAN EUCH NIE WIEDER EIN KOMPLOTT ANHÄNGEN WIRD!! DAFÜR WERDE ICH HÖCHST-PERSÖNLICH SORGEN!!
SHUKI...

RENGE...?
AH...
OHGA...!!
HAH...
WAS TUST DU DENN DA ...?
IST DA JEMAND...?

IN WAHRHEIT WILL ICH NICHT ZURÜCK.
DENN AUCH WENN ER MICH NICHT BRAUCHT UND AUCH WENN ER MICH HASST...
DENN ICH HABE KEIN ZUHAUSE MEHR.
... ICH WILL FÜR IMMER BEI OHGA BLEIBEN ...

HÄ?
BUBUMM
NANU...?
DAS GEHT NICHT...
ICH KANN NICHT MIT ZURÜCK-KOMMEN.
UND IHR WISST AUCH, WARUM.
WENN ICH ZURÜCKKOMME, MACHT MAN MICH NUR WIEDER ZUM RÄDELSFÜHRER EINES MORD-KOMPLOTTS GEGEN MEINEN BRUDER...
VON WEGEN...
WIE SEHR ICH AUCH WILL, ICH KANN NICHT NACH HAUSE...
DAS IST DOCH NICHTS WEITER ALS EINE AUSREDE.

SHUKI!! UND FANLON!!
ICH DACHTE, SIE HÄTTEN EUCH DAVONGE-JAGT...
PUH!
GOTT SEI DANK, DU LEBST!!
RYUEN-SAMA HAT MIR AUFGETRAGEN, DIR DIES HIER PERSÖNLICH ZU ÜBERGEBEN!!
HÄ?!
VON MEINEM ÄLTEREN BRUDER?!
B-BRUDER RENGE ...
D-DEIN HAAR...
AH, DAS HABE ICH MIR AB-SCHNEIDEN LASSEN...!!
ALS SIE UNS NICHT ZU EUCH LASSEN WOLLTEN, DACHTE ICH MIR SCHON, DASS ETWAS NICHT STIMMT.
HERRJE, RENGE!! KOMM MIT UNS ZURÜCK NACH HAUSE!! JETZT GLEICH!!
HÖR AUF, SO ZU ZAPPELN!

WIE DUMM ICH DOCH WAR.
FÜR DEN HEUTIGEN OHGA...
... BIN ICH NICHT JEMAND, DEN ER BRAUCHT...
... SONDERN JEMAND, DER IHM IM WEG STEHT...
WIE KÖNNTE ICH...
... DIESEM OHGA SAGEN ...
... DASS ICH IHN LIEBE...?!
BRUDER RENGE!
BIST DU DA DRINNEN?! ANTWORTE, RENGE!!
HAH!

ICH BIN...
... VER-LIEBT IN...
SOBALD DEIN HAAR WIEDER GEWACHSEN IST, KEHRST DU IN DEIN LAND ZURÜCK!

DU BIST IN MIZUCHI VERLIEBT, NICHT WAHR?
HÄ?!
WAAAS?!
NEIN!
WAS REDEST DU DENN DA, OHGA?!
ABER MIZUCHI WAR NUR DESHALB SO NETT ZU DIR, WEIL DU ALS PRINZ EINES…
… MILITÄRISCH MÄCHTIGEN REICHES NÜTZLICH FÜR IHN BIST.
JA, ICH BIN VERLIEBT, ABER…
AH…

FALLS DU ES DIR ANDERS ÜBERLEGST, MEINE TÜR STEHT DIR JEDERZEIT OFFEN.
... MICH SO ERSEHNTE UND BRAUCHTE ...
HAST DU GEHÖRT?!
MEINE GÜTE...
WAR DAS...
... OHGA...?
OHGA...
ICH...
SO SCHLIMM IST ES ALSO...
UND DU WOLLTEST NICHT, DASS ICH DICH WEINEN SEHE.
HÄ?

ICH MAG DICH, WILLST DU NICHT IN MEIN REICH KOMMEN?
HÄ?
ICH MOCHTE IHN NICHT, ABER...
VON MIR AUS WERDE ICH AUCH...
... GRAUSAM UND BRUTAL, WENN DU DAS WILLST.
ABER ICH MÖCHTE, DASS DU MEINE RECHTE HAND WIRST!!
... DAS WAR DAS ERSTE MAL...
BUBUMM
... DASS JEMAND ANDERES ALS MEIN BRUDER...
AH!

...
ODER GLAUBST DU ETWA...
... ES MACHT MIR SPASS, LEUTE ZU TÖTEN...?
HEY! ICH HAB STIMMEN DA DRÜBEN GEHÖRT...!!
ICH MUSS SCHNELLSTENS VERSCHWIN-DEN...
MIST, DA KOMMT JEMAND!

... ABER DANN TRIEB ER MICH SO ZUR WEISSGLUT...
... WENN DU NUR GESCHWOLLEN DAHERREDEST...
... BIST DU BALD TOT!
DENKST DU VIELLEICHT, MIT IDEALISTISCHEN THEORIEN KANNST DU DEIN LAND VERTEIDIGEN?
ICH UND MEIN ÄLTERER BRUDER, WIR ALLE KÄMPFEN NUR, UM UNSER REICH ZU BESCHÜTZEN!!
... DASS ICH EXPLODIERTE...
ES GIBT ZEITEN, DA MUSS MAN GRAUSAM SEIN...
... UM ETWAS GROSSES UND WICHTIGES ZU SCHÜTZEN UND ZU BEWAHREN!!

HUCH ?!
WA...
WAS DENN, EIN KIND?!
DA VERGEHT EINEM JA DIE LUST ZU KÄMPFEN!
PAH, DU BIST DOCH SELBST NOCH EIN KIND.
ICH KONNTE IHN VON ANFANG AN NICHT LEIDEN...
HMPF!
ABER SO KLEIN, DASS ICH MICH HIER IM GEBÜSCH VERSTECKE, BIN ICH NICHT.
... HABE ICH EINMAL EINEN JUNGEN GETROFFEN...
PFF!
NATÜRLICH NICHT. SCHLIESSLICH SIND ALLE MÖRDER – OB GROSS ODER KLEIN – HERZLOSE BARBAREN.

ABER JA...
JETZT, WO ER ES SAGT, FÄLLT ES MIR WIEDER EIN...
VOR LANGER ZEIT...
... AUF DEM SCHLACHTFELD...
HH...
HH...
SPÄH
WIE'S AUSSIEHT, BIN ICH ZU WEIT GELAUFEN...
... ALS ICH ALLEIN INS LAGER DES FEINDES EINGEDRUNGEN WAR...
... UND MICH VERIRRT HATTE...
ガサッ
I-IST DA JEMAND ?!

BUBUMM
PFF...
OHGA...
... DIESMAL IST ES UM-GEKEHRT.
HÄ...?
DIESMAL IST ES...?

DAS DARF DOCH NICHT WAHR SEIN ...
SCHNIEF
WIE KOMM ICH EIGENTLICH AUSGE-RECHNET AUF OHGA ?!
SCHNIEF
SCHNIEF
DER KERL IST EIN SADIST!!
BIN ICH EIN MASOCHIST?!
AUSSERDEM BRAUCHT OHGA NIEMANDEN, UND MICH AM ALLER-WENIGSTEN...
ALSO...
... ERFÜLLT SICH MEIN TRAUM WOHL WIEDER NICHT...
RENGE...?
ZUCK

RENGE...
WAS IST...?
AH...
RENGE!!
JETZT, WO MIR ENDLICH KLAR GE-WORDEN IST...
... DASS ICH NICHT VON IRGEND-JEMANDEM, SONDERN VON OHGA GEBRAUCHT WERDEN WILL...
...

ICH WOLLTE IMMER VON MEINEM GROSSEN BRUDER GEBRAUCHT WERDEN.
ABER MEIN WUNSCH HAT SICH NIE ERFÜLLT.
SOLL DIESER TRAUM ETWA...
... AUCH WIEDER NICHT IN ERFÜLLUNG GEHEN...?!

ÄH...
GEH ZURÜCK AUF DEIN ZIMMER!
ZUCK
DU KOMMST AUS EINEM ANDEREN REICH, DIESE ANGELEGENHEIT GEHT DICH NICHTS AN!!

OHGA...
... WUSSTE DAVON...?
ABER JA... ER HATTE MIZUCHI JA SCHON DIE GANZE ZEIT IN VERDACHT...
ALSO HAT ER AUCH DAMIT GERECHNET, DASS SO ETWAS PASSIEREN WÜRDE...
ICH WAR DER EINZIGE, DER SICH HINTERS LICHT FÜHREN LASSEN HAT...
WÄRE ICH NICHT GE-WESEN, DANN HÄTTE OHGA...
RENGE...!
HAH
OH... GA...
WAS... MACHST DU DENN HIER...?

AH...!
OHGA ?!
VERDAMMT! IHR HABT NUR VORGEGEBEN, ZU TRINKEN...
SCHÖN STILLHALTEN, DU BIST EIN WICHTIGER ZEUGE.
ENDLICH WERDEN ALLE ERFAHREN...
... WELCH FINSTERE PLÄNE MIZUCHI DIE GANZE ZEIT MIT EUCH GESCHMIEDET HAT.

BITTE NICHT...!
OHGA-SAMA?!
SEID IHR VER-LETZT?!
ICH HABE...
... IHM DOCH NOCH GAR NICHT SAGEN KÖNNEN...
... DASS ICH IHN...
... ENDLICH...
LA...
HAH!
LASST MICH LOS ...!

King's Game
KÖNIG VS. PRINZ
FINAL STAGE

OHGA ...!!
...IRGENDWANN EINMAL VON JEMANDEM MEHR GEBRAUCHT ZU WERDEN, ALS ALLES ANDERE AUF DER WELT ...

SCHON ALS KLEINER JUNGE...
... GAB ES FÜR MICH NUR EINES: ICH WOLLTE...
... DASS MEIN GROSSER BRUDER MICH BRAUCHT.
DES-HALB...
... HABE ICH MIR, ALS ICH MICH ENT-SCHLOSS, IN DIESES LAND ZU GEHEN...
KRAKLIRR
... INNIGLICH GEWÜNSCHT...

DU WIRST ZU SPÄT KOMMEN.
DAS GLAUBE ICH NICHT!
DAS DARF NICHT SEIN!
OHGA!!
NICHT JETZT...
... WO ICH ENDLICH VERSTEHE, WAS IN OHGA VORGEHT...
KÖNIG VS. PRINZ STAGE 3 ♥ ENDE

BLEIB HIER...!
ICH LASSE DICH NICHT GEHEN...
MIZU...?!
MIT DIR AN MEINER SEITE...
... WÄRE ES SO LEICHT FÜR MICH, DEN THRON ZU BE-STEIGEN!!
MIZUCHI?!
UND SELBST WENN DU GEHST, ES IST UMSONST.
DENN MITTLERWEILE MÜSSTE ER DEN VERGIFTETEN WEIN, DEN ICH IHM BRINGEN LASSEN HABE, LÄNGST GETRUN-KEN HABEN.

SCHMERZ
LASS MICH...
HEISST DAS, DU BIST...
... DOCH NICHT AUF MEINER SEITE?!
HÄ?
RENGE?! SO WARTE DOCH!!

WAS?!
ICH... HABE MICH GEIRRT...
OHGA MUSS EIN STRENGER UND GRAUSAMER KÖNIG SEIN...
... UM SEIN REICH ZUSAMMEN-ZUHALTEN UND ZU BESCHÜTZEN.
ER MUSS DIE ORDNUNG AUFRECHTERHALTEN, NUR DESHALB HAT ER MICH...
... VOR SEINEN HÖFLINGEN SO HART AN-GEFASST!
DENN WENN WIR BEIDE ALLEIN SIND...

SO ETWAS WÜRDE OHGA NIEMALS TUN!!

RENGE...?
ICH...
... MUSS GEHEN...
RENGE?!
WILLST DU ETWA ZU OHGA?!
...
UM HIMMELS WILLEN, RENGE!!
DER KERL WIRD DICH...
NEIN!!

UND JEDER, DER DICH SIEHT...
... MICH EIN-GESCHLOSSEN, MUSS ZU DER ÜBERZEUGUNG GELANGEN, DASS MAN SICH SEINER DIKTATUR VIELLEICHT DOCH WIDERSETZEN KANN.
ABER...
... DAS WÜRDE OHGAS ABSOLUTHEITS-ANSPRUCH INS WANKEN BRIN-GEN...
... UND DAS WIEDERUM WÜRDE DIE NACHBARREICHE WOMÖGLICH AUF DIE IDEE BRINGEN, UNS GESCHLOSSEN ANZUGREIFEN.
GRUND GENUG FÜR DIESEN RUCHLOSEN OHGA, DICH ZU TÖTEN!!
ABER ICH WERDE NICHT MEHR ZULASSEN, DASS ER DIR AUS MACHTGIER AUCH NUR EIN HAAR KRÜMMT!!
... ABER NEIN...

ICH SAGTE DIR DOCH, DASS UNSER REICH SEIT SEINER MACHTÜBER-NAHME...
... EINZIG UND ALLEIN AUF SEINER SCHRECKENS-HERRSCHAFT AUFBAUT.
JEDER WEISS, DASS ER DER ABSOLUTE HERRSCHER IST, DER KEINEN WIDERSPRUCH DULDET UND DEM SICH DESHALB KEINER ZU WIDERSETZEN WAGT.
KEINER AUSSER DIR, RENGE...
DU BIETEST IHM DIE STIRN...
... SAGST DEINE MEI-NUNG...
... UND REBELLIERST GANZ OFFEN GEGEN IHN.

DAHINTER STECKT OHGA...!!
... DU WARST OHGA...
... VON ANFANG AN EIN DORN IM AUGE.
SCHMERZ

MIST!
HAH!
HA-HALT...
LAUF IHM NICHT HINTERHER, RENGE!!
NICHT AUSZUDENKEN, WENN ER DIR IRGENDETWAS ANTUN WÜRDE...
MIZUCHI...?!
BUBUMM
BUBUMM
... ABER WIESO HATTE ER ES AUF MICH ABGESEHEN...?
WER WAR DAS ÜBERHAUPT ...?
...

...
WA...
WAS?!

WIESO?
...
WIESO DENKE ICH...
... SO ETWAS...?
SO GEHT DAS NICHT WEITER!
ICH WÜRDE AM LIEBSTEN ÜBERHAUPT NICHTS MEHR DENKEN!!
JEDEN-FALLS...
... NICHT SO ETWAS ...
RENGE!!
HÄ?

ICH BRINGE EUCH DAS FRÜHSTÜCK!
... A- ACH...
... NICHTS WEITER.
... RENGE-SAMA! WAS HABT IHR DENN?
... DOCH NICHT.
HAAAH!
VON WEGEN!
HABE ICH DAS EBEN WIRKLICH GEDACHT?!
DAS IST JA GERADE SO, ALS WÜRDE ICH VOLLER SEHNSUCHT AUF OHGA WARTEN!!

WAS IST DENN NUR LOS...?!
WIESO WÜNSCHE ICH MIR, DASS DIESER BRUTALE OHGA...
... NIE MEHR AUFHÖRT, MICH ZU BE-RÜHREN...?!
WAS UM ALLES IN DER WELT PASSIERT MIT MIR...?
JA?
HEREIN!
OHGA?!

ZWEI WOCHEN SPÄTER...
... WURDE ICH IMMER NOCH VON OHGA GE-PFLEGT...
... OHNE AUCH NUR DAS GERINGSTE ÜBER SEINE ABSICHTEN ERFAHREN ZU HABEN.
DIE WUNDE IST SO GUT WIE VERHEILT.
VON JETZT AN WERDE ICH DICH ALSO NICHT MEHR BERÜHREN.

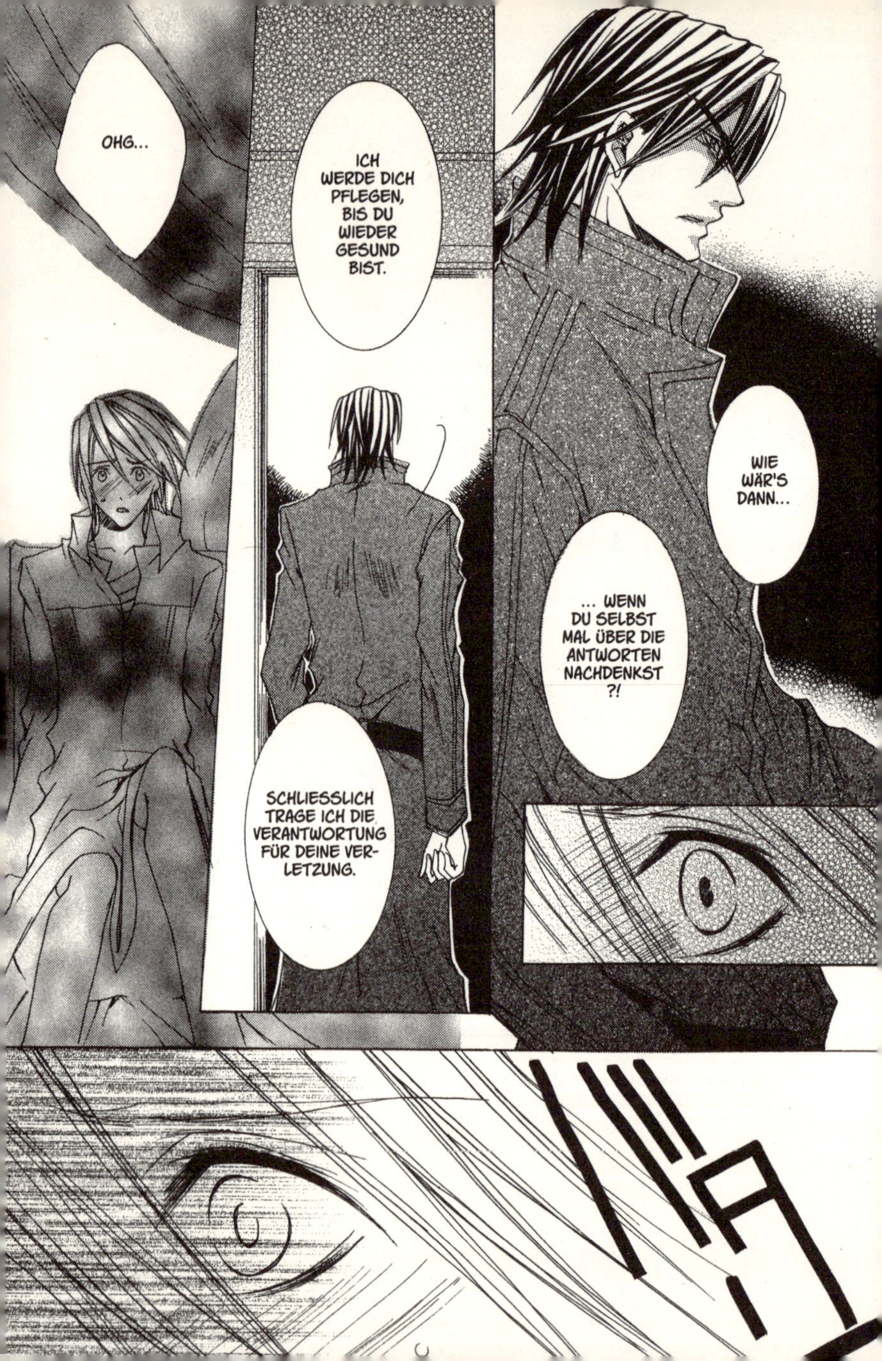
WIE WÄR'S DANN...
... WENN DU SELBST MAL ÜBER DIE ANTWORTEN NACHDENKST ?!
ICH WERDE DICH PFLEGEN, BIS DU WIEDER GESUND BIST.
SCHLIESSLICH TRAGE ICH DIE VERANTWORTUNG FÜR DEINE VER-LETZUNG.
OHG...

DIE ANTWORT BEDEUTET DIR DOCH ...
... SOWIESO NICHTS MEHR.
HÄ?
SCHMERZ
... VERGISS ES EINFACH.
ICH WERDE DICH VON JETZT AN NICHT MEHR BEHELLIGEN.
WAS...
... SOLL DAS DENN NUN WIEDER HEISSEN?!
ES GIBT NOCH JEDE MENGE DINGE, DIE ICH DICH FRAGEN MUSS UND FÜR DIE DU MIR EINE ERKLÄRUNG SCHULDEST...!!

DASS ICH SO BRUTAL BIN...
... IST ALLEIN DEINE SCHULD...!!
MO-MOMENT MAL!
WAS SOLL DAS DENN HEISSEN, „ALLEIN MEINE SCHULD"?!
... WOZU...
... WILLST DU DAS WISSEN...?
HÄ...?

... WIESO FÜHLE ICH MICH DANN, ALS WÜRDE ES MIR DAS HERZ ZER-REISSEN ...?!

LASS MICH LOS...!
SO GRAUSAME UND BRUTALE MENSCHEN WIE DU...
WENN SOWOHL MEINE WORTE ALS AUCH MEIN KÖRPER IHN DERART ABWEISEN...
UND ICH WERDE NICHT ZULASSEN, DASS DU WIEDER FORT-GEHST.
... KÖNNEN MIR GESTOHLEN BLEIBEN...!!

DAS IST DOCH WOHL NUR VERSTÄND-LICH!!
DER SIEBTE PRINZ... SHUKI IST SCHLIESSLICH MEIN KLEINER BRUDER...
SEIT DEM TAG, AN DEM DU IN MEIN REICH GEKOMMEN BIST...
... GEHÖRST DU MIR ALLEIN.
WAS...?!

!!
DAS KANN ICH LEIDER NICHT ZULASSEN.
WENN SIE DEIN HAAR UND...
... DIE VERLETZUNG SEHEN, WÜRDEN SIE DAS NUR FALSCH VERSTEHEN.
WIE BITTE?!
DAS IST MIR EGAL!
LASS MICH LOS !!
BEVOR DIE WUNDE NICHT VERHEILT IST, KANN ICH UNMÖGLICH FLIEHEN.
ALSO MÖCHTE ICH SIE WENIGSTENS EINMAL KURZ SEHEN...!!
... SO GERN...
... MÖCHTEST DU IHN SEHEN?
HÄ?!

ICH SAGTE DIR DOCH SCHON, DASS ICH DICH KEINESWEGS HASSE!!
VERSTEHST DU DENN NICHT?!
ICH HABE DICH NUR DESHALB SO STRENG BEHANDELT, WEIL…
OHGA-SAMA!
… DER SIEBTE PRINZ DES NACHBARREICHES UND EIN BEGLEITER…
… SIND SOEBEN EINGETROFFEN UND VERLANGEN, RENGE-SAMA ZU SEHEN!
HÄ?!
DER SIEBTE PRINZ ?!
HALTET SIE AUF, ICH KOMME SOFORT.
WA-WARTE!
ICH WILL SIE AUCH SEHEN!!

... WIESO UM ALLES IN DER WELT...
... TUT ER DAS...?!
WENN DU MICH HASST...
... DANN LASS MICH GEFÄLLIGST AUCH IN RUHE!!
NEIN DANKE...
WAS?
UND HÖR AUF, IMMER SO NETT ZU MIR ZU SEIN!!!
SONST VERSTEHE ICH NÄMLICH GAR NICHTS MEHR...!!!

ICH DACHTE, ETWAS, DAS DU WIRKLICH MAGST, ISST DU JA VIELLEICHT DOCH.
HÄ?!
DAS SIND DOCH...
MEINE LIEBLINGS-FRÜCHTE AUS MEINER HEIMAT...!!
ER HAT SIE EXTRA FÜR MICH...
WIESO ISST DU DENN NICHT?

DU BIST GEMEIN, OHGA!!
ICH HABE MICH SO ÜBER SEINEN KRANKENBESUCH GEFREUT...
HÄ?!
DU SCHEINST FIEBER ZU HABEN.
SCHONE DICH LIEBER.
UND WOZU BRAUCHST DU LECKEREIEN, WENN DU DOCH KAUM ETWAS ISST?!
BLUSH
ER WEISS DAVON...?!

WAH, OHGA!!
BRUDER...
RAUS HIER...!
HATTE ICH DIR NICHT GESAGT, DU SOLLST AUF DEINEM ZIMMER BLEIBEN...
... BIS DAS PARLAMENT ÜBER DEINE BESTRAFUNG ENTSCHIEDEN HAT, MIZUCHI?!
...
MI...
MIZUCHI!!

DANKE, DASS DU MICH…
… IN SCHUTZ GENOMMEN HAST.
BLUSH
A- ABER DAS WAR DOCH SELBSTVERSTÄNDLICH!!
DU MACHST MICH JA GANZ VERLEGEN!
DU HAST MICH DOCH BESTIMMT SCHON TAUSENDMAL IN SCHUTZ GENOMMEN, SEIT ICH HIERHER GEKOMMEN BIN!!
TROTZDEM, ICH BIN FROH…
… DASS DU NICHT AUF OHGAS, SONDERN AUF MEINER SEITE STEHST.
HÄ?
RENGE…
ICH MUSS DIR ETWAS SAGEN…

AH, MIZUCHI!!
... GUT SIEHST DU AUS.
NICHT MEHR LANGE, UND DU BIST WIEDER GANZ GESUND.
PUH!
JA.
GLÜCK GEHABT.
JUCHHUUU! HAST DU MIR WAS LECKERES MITGEBRACHT ?!
JA.
UND WAS IST MIT DIR? WURDE DEIN STUBENARREST AUFGEHOBEN?!
GOTT SEI DANK, ICH HOFFE, SEINE STRAFE FÄLLT EBENFALLS MILDE AUS...
RENGE...
HM?

King's Game
KÖNIG VS. PRINZ
STAGE 3

DAS IST ZU VIEL...
HAH!
RENGE!!
SCHNELL!!
EIN ARZT, RUFT EINEN ARZT!!
ICH HABE MICH NÄMLICH...
... IN DIESEN MANN VER-LIEBT...

NEIN!
LASS MICH!!
AH...
WI...
WIESO DU?!
WIESO MUSST AUS-GERECHNET DU ES SEIN, DER SO ZÄRTLICH ZU MIR WAR ...
... UND DER MICH SO GEKÜSST HAT...?!
KING'S GAME
KÖNIG VS. PRINZ
STAGE 3

ICH LASSE DICH NICHT GEHEN!!
...
BITTE WEINE NICHT, RENGE ...!!
WEINE NICHT...
DIESE STIMME... IST DOCH...
NEIN!
LASS MICH!!
ALSO WAR ES TATSÄCHLICH OHGA, NACH DEM ICH DIE GANZE ZEIT GESUCHT HABE...!!!
KÖNIG VS. PRINZ STAGE 2 ♥ ENDE

WIESO HASST DU MICH SO SEHR...
... DASS DU MIR DAS ALLES ANTUST...?!
HAH...
HASSEN...?
UNGH !
ERST SCHNEIDEST DU MIR DIE HAARE AB UND SCHLÄGST MICH...
... DANN VERWUNDEST DU MICH MIT DEINEM SCHWERT, UND JETZT WILLST DU MIR AUCH NOCH GEWALT ANTUN...?
DAS IST NICHT WAHR...
RENGE...
DAS IST NICHT WAHR?!
ICH HAB ES ENDGÜLTIG SATT! UND DIESES BÜNDNIS IST MIR AUCH EGAL!!
WENN DU ES SO WEIT TREIBST, DANN GEHE ICH IN MEIN LAND ZURÜCK, VERLASS DICH DRAUF!!

スッ
...
UHM...
SEI EIN BRAVER JUNGE...
WIE BITTE...?!
... UND GIB DICH MIR HIN!

HAAAH ...
HAAAH ...
...
HAAAH...
HAAAH...
WAS... FÄLLT DIR EIN?!
DAS FRAGE ICH DICH!
MIZUCHI BE-KOMMT DICH JEDENFALLS NICHT!
WAS SOLL DAS DENN HEISSEN...?
RENGE...
AH...
NEIN, LASS DAS...!
HÖR AUF DAMIT!!

MN...
MMMN ...
LASS DAS!
AH...
WIESO?!
WIESO LASSE ICH ZU, DASS AUS-GERECHNET OHGA MICH ...?!
AH!
AAAH!

... WEIL ICH... IN GENAU DERSELBEN SITUATION WAR UND NUR DESHALB IN DIESEM LAND BIN...
AUA!
WAS SOLL D...?
...
ICH WOLLTE NICHT HIERHER KOMMEN, ABER ICH HATTE KEINE ANDERE WAHL...

BLOSS WEIL ER DER ZWEITE PRINZ IST, MUSS ER ES NOCH LANGE NICHT AUF DEN THRON ABGESEHEN HABEN...
WER WÜSSTE DAS BESSER, ALS ICH!!
MAG JA SEIN, DASS DU EINIGE HÖFLINGE SO GEGEN DICH AUFGEBRACHT HAST, DASS SIE DICH ERMORDEN WOLLEN.
ICH HABE NIE AUCH NUR IM TRAUM DARAN GE-DACHT...!!
DAS HAT MAN MIR ALLES NUR UNTERGE-SCHOBEN ...!!
ABER DAS IST NICHT MIZUCHIS SCHULD!!
... RENGE...
WIESO...
... VER-TEIDIGST DU...
... MIZUCHI EIGENTLICH SO VEHEMENT...?
HAH...
HÄ?

HÄ?
MIT DER UNTERWERFUNG DER PIRATEN WOLLTE ER NUR ALLEN SEINE STÄRKE BEWEISEN.
ER MÖCHTE DEN THRON SO GERN FÜR SICH SELBST...
... DASS ER GLEICHGESINNTE UM SICH SCHART UND MEINE ERMORDUNG PLANT.
WAS REDET DER DENN DA ...?
HEUTE NACHT WERDE ICH IHN TÖTEN, DAS IST DIE BESTE CHANCE, DIE ICH KRIEGE.
WAS...?!
SELBST WENN ES SOLCHE PLÄNE GÄBE, MIZUCHI WÄRE DER ALLERLETZTE, DER SICH DARAN BETEILIGEN WÜRDE!!

OHGA!!
U-UWAAAH!
WIESO HÄLT DER MEINE HAND ?!
... AUTSCH ...
ALLES OKAY? ICH HABE DIR EXTRA NUR EINE FLACHE VERLETZUNG ZUGEFÜGT ...
... ABER WENN DU DICH BEWEGST, TUT SIE NATÜRLICH WEH.
WAS HAT DAS DENN ZU BEDEUTEN...?
DAS IST DOCH OHGA, ODER?!
BUBUMM
BUBUMM
ICH HOFFE, DU LERNST DARAUS UND WIDERSPRICHST MIR NIE WIEDER.
UND WAS MIZUCHI ANGEHT, DEN WERDE ICH SO ODER SO TÖTEN MÜSSEN.

RENGE...
AH... DIESE FREUNDLICHE STIMME...
... KENNE ICH DOCH...
SIE WAR ES...
BLINZEL
... NACH DER ICH SEIT LETZTER NACHT...
... SO VERZWEIFELT GESUCHT HABE...
RENGE...

DU HAST DICH MIR WIDER-SETZT!!
WIE KONNTE ICH NUR GLAU-BEN...
...
... DASS DIESER GEWISSEN-LOSE, BRUTALE OHGA ES WAR, DER MICH SO ZÄRT-LICH GE-KÜSST HAT...

UH...
UWAAAAH...
RENGE!!
ICH IDIOT...

DU BIST
SELBST
SCHULD…
BRU…
… RENGE!

... HALT DICH DA RAUS UND GEH ZUR SEITE...
... WENN DU NICHT WILLST, DASS ICH DICH EBENFALLS AUFSCHLITZE !!
NEIN!!
BUBUMM
BUBUMM
BUBUMM
UNGLAUB-LICH!
ER WAGT ES SCHON WIEDER, DEM KÖNIG ZU WIDERSPRECHEN ...

NICHT, OHGA!!
DU WILLST DOCH WOHL NICHT DEINEN EIGENEN BRUDER VERLETZEN! DAS LASSE ICH NICHT ZU!
... RENGE...

MIZUCHI…!!
… VER-
GIB MIR,
BRUDER…
ICH HABE NICHT DAMIT GERECHNET, DASS ICH IHM UNTERLIEGEN WÜRDE…
ZWEITER PRINZ HIN ODER HER …
WER SICH MEINEN BEFEHLEN WIDERSETZT UND MEINE SOLDATEN GEFÄHRDET, WIRD MIT DEM TOD BESTRAFT!!
DAS GILT AUCH FÜR DICH!!
KNRSCH
…
HAH…

OHGA-SAMA!! KOMMT SCHNELL!!
MIZUCHI-SAMA HAT AUF EIGENE FAUST DEN PIRATEN KULON HERAUS-GEFORDERT UND WURDE VERLETZT!!
WIE BITTE ?!
SEIN ÜBERRASCHUNGS-ANGRIFF SCHLUG OFFENBAR FEHL, SO DASS EIN GROSSER TEIL UNSERER SOLDATEN KAPITULIERTE UND GEFANGEN GENOM-MEN WURDE.

ICH MUSSTE ...
... DIE GANZE ZEIT AN DICH DENKEN.
BUBUMM
HÄ?
WAS...?!

TRINK EIN GLAS MIT MIR!
HÄÄÄ?!
NA LOS, KOMM SCHON RÜBER UND NIMM DEIN GLAS IN EMPFANG!
HMPF!
PFF...
GRUMMEL
GRUMMEL
WAS TU ICH HIER EIGENTLICH...?
HUCH...?!
DIE STIMMUNG IST AUF EINMAL SO...

WAS IST?
HAST DU...
... SOLCHE ANGST VOR MIR?
ICH HAB DAS SCHWERT DOCH SCHON WEGGELEGT.
ICH...
ICH HABE KEINE ANGST !!
SAGT MIT LIEBER, WAS IHR UM DIESE ZEIT NOCH HIER MACHT!!
KICHER
HÄ?
SO SPÄT IST ES SCHON ...?
ICH HABE WOHL ETWAS ZU TIEF INS GLAS GE- SCHAUT...
WAS DENN... ER IST BETRUNKEN?
DESHALB IST ER ALSO SO ANDERS...
!!

ER HAT SEINE BRILLE NICHT AUF...
OHGA...?!
DESHALB...
„WAS FÄLLT DIR EIN, DEN KÖNIG BEIM BADEN ZU STÖREN?!"
HILFE, UND WAS NUN?! WAS, WENN ER MICH TATSÄCHLICH KÖPFT?!
JIEKS!
BLUTMEER
RENGE...!!
HÄ?
KOMM ZU MIR!

VON 21 BIS 23 UHR IST DAS BAD AUSSCHLIESS-LICH FÜR OHGA RESERVIERT UND AUCH AUSSERHALB DIESER ZEIT DARF DAS GEFOLGE ES NUR BETRETEN, WENN ER NICHT ANWESEND IST.
ABER PASS AUF, DASS DU NICHT GEKÖPFT WIRST.
GEKÖPFT...?
DIESER OHGA SCHEINT WIRKLICH EIN AUSGEMACHTER WIDERLING ZU SEIN...
UND MICH SCHEINT ER ZU HASSEN WIE DIE PEST. DAS SIND JA TOLLE AUSSICHTEN...
HAAAH...
ICH DACHTE, ICH HÄTTE DAS BAD ENDLICH FÜR MICH...
WER IST DENN DA?
HÄ?

WA...
WAS IST DENN...?
SCHON WIEDER SO EIN BLICK...
... DEN ICH ÜBERHAUPT NICHT DEUTEN KANN!!
UWAH!
DAS NENNE ICH MAL EIN KÖNIGLICHES BAD!

ABER ER LIEBT IHN OFFENBAR GENAU SO SEHR WIE ICH MEINEN.
WIRKLICH?
MEIN BRUDER IST JA AUCH EIN NETTER MENSCH, GANZ IM GEGENSATZ ZU DEINEM.
KLIRR
HÄ?
OHGA-SAMA!
SEID IHR VER-LETZT?
BUBUMM

HUCH?
WAS IST DENN?
ACH... NICHTS WEITER.
EINEN MOMENT LANG GLAUBTE ICH, MICH AN ETWAS ZU ERINNERN...
HACH!
ICH BEWUNDERE DICH, RENGE.
ICH DENKE, ICH WERDE MICH VON NUN AN AUCH MEHR FÜR MEINEN BRUDER EINSETZEN.
SO KLEIN UND SO WACKER!
HÄ?
WER IST HIER KLEIN?!
MEIN BRUDER IST DER GEBORENE KÖNIG, ER HAT EINFACH ALLES, WAS MAN DAZU BRAUCHT.
UND DAS ZIEHT NATÜRLICH NEIDER AN, GEGEN DIE ICH IHN VON JETZT AN ENERGISCH VERTEIDIGEN WERDE!
SELTSAM, ICH HÄTTE NIE GEDACHT...
... DASS MIZUCHI SO FÜR SEINEN BRUDER EMPFINDET...

BUBUMM
DAZU...
... WAREN SEINE BERÜHRUNGEN UND SEINE LIPPEN VIEL ZU SANFT...
BUBUMM
HA!
DAS IST DAS ERSTE MAL...
... DASS JEMAND MEINEM BRUDER SO FURCHTLOS SEINE MEINUNG SAGT.
ICH HABE MIR NICHT UMSONST SEIT MEINEM 10. LEBENSJAHR EINEN NAMEN AUF DEM SCHLACHTFELD GEMACHT.
ICH HATTE DEN RUF, VOR NICHTS ANGST ZU HABEN.
FÜR MICH GAB ES IMMER NUR EINES: MEINEN ÄLTEREN BRUDER RYUEN ZU BESCHÜTZEN.
AHA... SO STARK SIEHST DU GAR NICHT AUS...
WAS SOLL DAS DENN HEISSEN?!
EINMAL BIN ICH SOGAR GANZ ALLEIN INS LAGER DES FEINDES EINGE...
HAH!

MIZUCHI...?!
AH!
DA FÄLLT MIR EIN: OHGA IST AUCH ÜBER 1,73 M.
PAH!
UNMÖGLICH!! DER WAR DAS AUF GAR KEINEN FALL!!
ICH HABE SCHLIESSLICH AM EIGENEN LEIB ERFAHREN, WAS FÜR EIN BRUTALER KERL OHGA IST!!
ABER WAS IST DENN NUN PASSIERT?
WÄRE ER ES GEWESEN, HÄTTE ICH MICH AUF DER STELLE UMGEBRACHT!!
„RENGE ...“
DAS...
... SOLL OHGA GEWESEN SEIN...?
NEIN... DAS KANN ICH MIR BEIM BESTEN WILLEN NICHT VORSTELLEN...

DIE PIRATEN SETZEN UNS IN LETZTER ZEIT SEHR ZU.
PIRATEN ?!
SEIT KULON IHR NEUER ANFÜHRER IST, SIND SIE SO GE- WIEFT...
... DASS SELBST MEIN BRUDER SIE NICHT MEHR IN SCHACH HALTEN KANN.
KICHER
... WENN ICH ER WÄRE...
... HÄTTE ICH SIE LÄNGST ZUM TEUFEL GEJAGT.
OHGA!!
ÜBER- HEBLICH WIE EH UND JE...
WAS IST DENN PASSIERT ?
KONDITIONIERTER REFLEX

WAS PASSIERT IST...?
BUBUMM
ICH WURDE VON EINER PERSON ÜBER 1,73 M, DIE MIT SICHERHEIT KEINE FRAU WAR, UMARMT UND ZU EINEM ZUNGENKUSS GENÖTIGT, DER MEIN HERZ DERART HÖHER SCHLAGEN LASSEN HAT, DASS ICH MICH NOCH NICHT MAL GEWEHRT HABE.
NI-NICHTS WEITER ...!!
K173 cm
?
IST DER MARINE-HAUPTMANN IMMER NOCH NICHT DA?!
HAH!
ICH WILL AUF DER STELLE EINEN BERICHT ÜBER UNSERE VERLUSTE!!
HUCH!

LETZTE NACHT? IN DEINEM SCHLAFZIMMER?
DAS WAR ICH NICHT, LEIDER...
ÄH... VERGISS DAS LETZTE.
DRITTER PRINZ HOMURA
VIERTER PRINZ RYUGA
... DU BIST DOCH DER PRINZ, DER OHGA DIE STIRN GEBOTEN HAT, NICHT WAHR?
TJA, ABER LETZTE NACHT WAR ICH ANDERWEITIG BESCHÄFTIGT.
WILLST DU MICH ANMACHEN, ODER WAS?
ICH HAB SCHON EINEN GELIEBTEN.
SECHSTER PRINZ AIRI
HAAAH..
WAS WAR DENN LETZTE NACHT EIGENTLICH LOS?
ICH KOMME MIR JA VOR WIE AUF EINER VERBRECHERJAGD.
ICH KANN NICHT MEHR.

King's Game
KÖNIG VS. PRINZ
STAGE 2

RENGE ...?
MIZUCHI!!
UND VON WEM...
... WURDE ICH DA EBEN UMARMT?!
WER HAT MICH DA EBEN GEKÜSST...?!!
ER IST WEG...
WAR DA JEMAND... RENGE?

UND WIESO HABE ICH NICHT DAS GERINGSTE DAGEGEN, DASS ER ES TUT...?
HALLO...?
IST DA JEMAND?
HAH...
RENGE...?
MIZUCHI?!
WIESO IST MIZUCHI DA DRÜBEN...?
KÖNIG VS. PRINZ STAGE 1 ♥ ENDE

AH...
ER KÜSST MICH ...
ABER WIESO...
... TUT MIZUCHI DAS ALLES...?

DAS FÜHLT SICH...
... NOCH VIEL WÄRMER AN...
... ALS DER PELZ.
RENGE...
UND IRGENDWIE...
BUBUMM
... FÜHLE ICH MICH IN DIESEN ARMEN...
BUBUMM
... SO GEBORGEN WIE NIE ZUVOR...

ER BE-
WACHT
MICH...
ALSO
MUSS
ES...
MIZU...
!
DENN
JETZT, WO ICH
DICH ENDLICH
GEFUNDEN
HABE...
... LASSE
ICH DICH
NIE WIEDER
GEHEN.
AAAH...

BUBUMM
WER IST DAS...? ICH KANN IHN IN DER DUNKELHEIT NICHT ERKENNEN.
WAS...
BUBUMM
... SOLLTE DAS EBEN ...?
BUBUMM
DU WARST ALSO WACH.
ICH WOLLTE NUR NACHSEHEN...
... OB DU AUCH NICHT WEGGELAUFEN BIST.
コッ
コッ

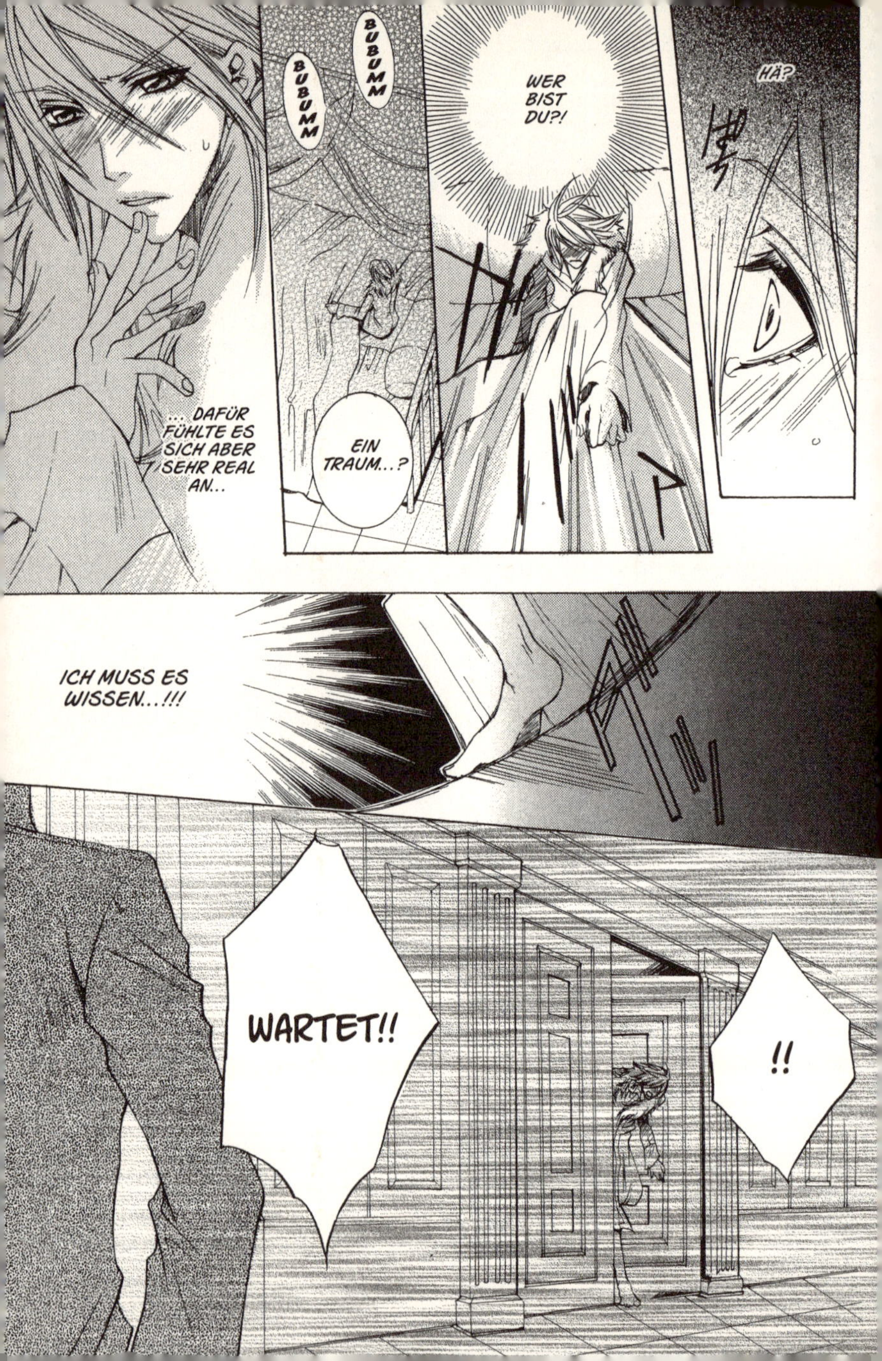
HÄ?
WER BIST DU?!
BUBUMM
BUBUMM
EIN TRAUM...?
... DAFÜR FÜHLTE ES SICH ABER SEHR REAL AN...
ICH MUSS ES WISSEN...!!!
WARTET!!
!!

WER... IST DAS...?
ZUCK
MIZUCHI...?
WIESO NENNT ER MICH BEIM VORNAMEN?
WEINE NICHT...
... RENGE!
UND WIE ZÄRTLICH ER MEINEN NAMEN AUSSPRICHT...

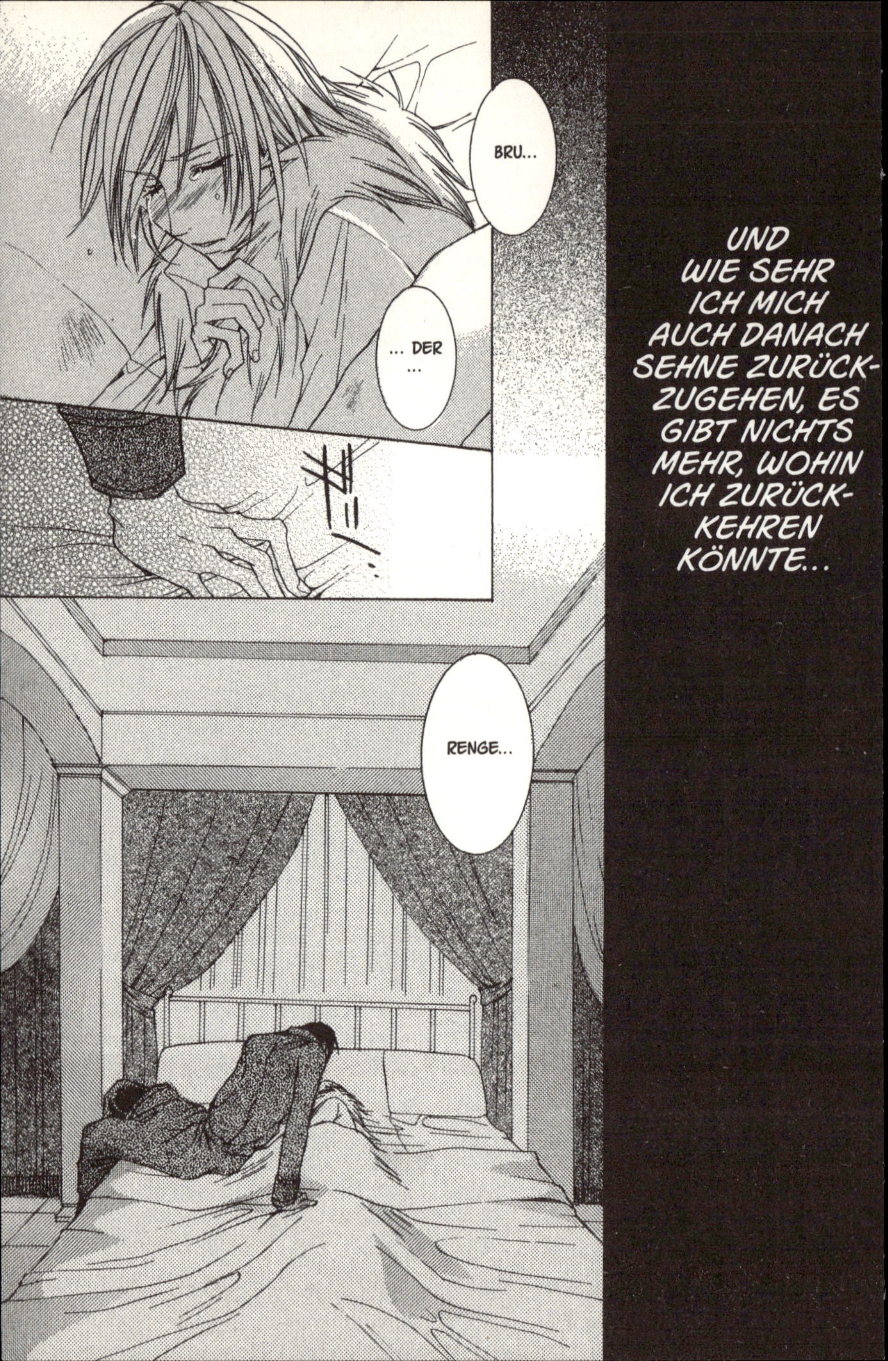
UND WIE SEHR ICH MICH AUCH DANACH SEHNE ZURÜCK-ZUGEHEN, ES GIBT NICHTS MEHR, WOHIN ICH ZURÜCK-KEHREN KÖNNTE...
BRU...
... DER ...
RENGE...

STIMMT JA, DESHALB BIN ICH GE- GANGEN...
BRUDER! ICH MUSS MIT EUCH SPRECHEN ...!!
LASST ANSTELLE DES SIEBTEN PRINZEN BITTE MICH...
... INS REICH UNSERER VER- BÜNDETEN GEHEN!!
MIR BLIEB KEINE ANDERE WAHL, ALS MEINEN TRAUM, DIE RECHTE HAND MEINES BRUDERS ZU WERDEN...
... AUFZU- GEBEN UND HIERHER ZU KOMMEN.

TAPP
IST DAS NICHT UNSER SCHLOSS ...?
TAPP
TAPP
TAT-SÄCHLICH!! DAS IST...
... DAS ZIMMER MEINES BRUDERS ...!!
BRUDER ...
RYUEN-SAMA!
HÄ?
IHR SOLLTET EUCH VOR DEM ZWEITEN PRINZEN RENGE-SAMA IN ACHT NEHMEN.
EINIGE DER HÖFLINGE SCHEINEN EIN KOM-PLOTT ZU PLANEN.
OFFENBAR HABEN SIE BEFEHL VON RENGE-SAMA ERHALTEN, EUCH ZU ER-MORDEN...
... DAMIT DER ZWEITE PRINZ AN EURER STELLE DEN THRON BESTEIGEN KANN.

MOMENT MAL...
BLUSH
HUCH!
HAT ER DEN...
... EXTRA FÜR MICH MITGE-BRACHT ...?
TAPP
TAPP
NANU?

ICH GEHE DANN AUCH MAL.
BIS SPÄTER.
HAH!
Ä-ÄÄÄH...
VIELEN DANK FÜR ALLES.
...
WIE AUCH IMMER...
WOZU IST OHGA EIGENTLICH HIERHER GEKOM-MEN...?
DAS... IST DOCH...
EIN PELZ...?
UWAH!
WIE HERRLICH WARM DER IST!

WA...
BUBUMM
BUBUMM
BUBUMM
WAS WAR DAS DENN...?
DIESER BLICK!! ALS OB ICH IHM IRGENDETWAS SCHLIMMES AN-GETAN HÄTTE ...!!

N...
NEIN!
ICH BIN HIERGEBLIEBEN, UM EUER VOLK ZU SCHONEN!!
UND NICHT, UM EURE BEFEHLE ENTGEGEN-ZUNEHMEN!!
...

MIZUCHI...
VER-DAMMT!
HAH!
MIST, DA IST OHGA!!
HOFFENTLICH HAT ER MEINE TRÄNEN NICHT GESEHEN!
DAS HÄTTE ER JETZT NICHT SAGEN DÜRFEN.
ICH...
RENGE!
KOMM HERVOR, WEG VON MIZUCHI!

NICHT ÜBEL, ODER?
ICH HAB DEN PELZ ETWAS AUSGEDÜNNT. ♡
SCHLUCK
PELZ ...?
DABEI HATTE ICH SIE EXTRA WACHSEN LASSEN, UM ALS DOPPELGÄNGER FÜR MEINEN BRUDER EINSETZBAR ZU SEIN...
JETZT SIND MEINE HAARE TATSÄCHLICH AB...
MEINE GÜTE, DAS ZIEHT JA RICHTIG IM NACKEN...
... ABER DAS...
... IST JETZT EH VORBEI ...
UND EGAL, WAS ICH OHGA AUCH ENTGEGENSCHLEUDERE...
IN WAHRHEIT...
WAS IST DENN EIGENTLICH PASSIERT, DASS DEIN REICH SEINEN ZWEITEN PRINZ HIERHER SCHICKT?
ICH BIN EBENFALLS DER ZWEITE PRINZ...
WENN DU ALSO ETWAS AUF DEM HERZEN HAST, KANNST DU DICH MIR RUHIG ANVERTRAUEN.

ABER UNSER GEBIET BESTEHT AUS EINER ANSAMMLUNG KLEINER REICHE...
... UNTER DENEN ES SEIT JEHER REIBEREIEN GIBT.
SEIT MEIN BRUDER KÖNIG IST, SIND DIESE ZURÜCKGEGANGEN...
... WEIL SICH SEINE UNERBITTLICHKEIT AUCH IN DEN NACHBARREICHEN HERUMGESPROCHEN HAT. ALSO DRÜCKEN WIR ALLE EIN AUGE ZU.
AHA...
VON SEINEN HÖFLINGEN WIRD ER ZWAR GEFÜRCHTET ...
... ABER FÜR SEIN VOLK IST ER EIN MUTIGER UND GUTER KÖNIG...
SO, FERTIG.
HAAACH...

WAS?!
DIE TODES-STRAFE ?!
RITSCH RITSCH
JA, AUF WIDERSTAND GEGEN DEN KÖNIG STEHT DER TOD.
DESHALB WAGT ES KEINER, IHM DIE STIRN ZU BIETEN.
RITSCH RITSCH
EHRLICH GESAGT WAREN WIR ALLE ÜBER-RASCHT, DASS ER DICH NICHT AUF DER STELLE GETÖTET HAT.
DER WÜRDE DICH EISKALT DURCH EINEN DOPPELGÄNGER ERSETZEN.
MEINE GÜTE, OFFEN-BAR BIN ICH GERADE HAAR-SCHARF DEM TOD ENTRON-NEN!!
ABER WIESO FINDET IHR EUCH...
... MIT SO EINEM FURCHTBAREN TYRANNEN AB?!
ES GIBT - MICH EINGE-SCHLOSSEN - RECHT VIELE, DIE SICH IHM NUR WIDER-WILLIG FÜGEN.
HÄ?!

DU HAST EIN ZIEMLICH FRECHES MUNDWERK!
UND DU HAST ALLEN GRUND, MICH ZU FÜRCHTEN!
ALSO WAGE ES NICHT ZU FLIEHEN, RENGE!
WA...
WAS FÜR EIN ÜBER-HEBLICHER KERL...!
ICH BIN MIZUCHI, DER ZWEITE PRINZ.
WILL-KOMMEN IN UNSEREM REICH, MEIN PRINZ! ♡

UND VERLIEREN WERDE ICH AUCH NICHT !!
SCHLIESSLICH HABE ICH NICHT UMSONST JAHRE-LANG ALS RECHTE HAND MEINES BRUDERS AUF DEM SCHLACHTFELD DEN BLICKEN DER FEINDE STAND-GEHALTEN!
AM BLICK ENT-SCHEIDET SICH DIE GRÖSSE EINES MANNES!!
UNGLAUBLICH, ER BIETET OHGA-SAMA TATSÄCHLICH DIE STIRN.
TUSCHEL
ER SCHEINT TAPFERER ZU SEIN, ALS SEINE ZARTE GESTALT VERMUTEN LÄSST...
MIZUCHI !
WAH!
JA, BRUDER ?
DU WIRST IHN AB HEUTE RUND UM DIE UHR BEWACHEN!!

...
DU...
FUNKEL
HILFE, DIESER BLICK ...!!
ICH BLEIBE! ABER NUR BIS MEIN HAAR...
... WIEDER LANG GENUG IST, DANN VERLASSE ICH DIESES LAND...!!
ICH WERDE MICH AUF KEINEN FALL UNTER-WERFEN !!

ALSO WERDEN SIE ALLE STERBEN.
...
DIESER KERL DROHT MIT DEM TOD SEINER EIGENEN UNTERTANEN?!
DAS GEHT ZU WEIT!
DIESER ELENDE TYRANN!
HAH...
OHGA-SAMA!
SCHON GUT, LASS NUR.

ICH WEISS JETZT JEDENFALLS, DASS ES EINEM SELBSTMORD GLEICHKOMMT, SICH MIT EINEM TYRANNEN WIE EUCH ZU VERBÜNDEN!!
ICH GEHE IN MEIN REICH ZURÜCK UND WERDE MEINEM BRUDER ENTSPRECHEND BERICHTEN.
GEH NUR, WENN DU KANNST.
WIE BITTE?!
DENK AN DEIN HAAR!
WENN DU SO ZURÜCKGEHST, WIRD AUS UNSEREM BÜNDNIS EIN KRIEG.
UND GEGEN EIN MÄCHTIGES REICH WIE DEINES HABEN WIR KEINE CHANCE.

MEINE WANGE GLÜHT... UND MEINE AUGEN TRÄNEN...
UNERHÖRT...
GRRR!
SO WAS MUSS ICH MIR NICHT BIETEN LASSEN...!!
HEUL DOCH...
... DU MEMME!
WENN DU DER ZWEITE PRINZ BIST...
... DANN KANN ES MIT DEINEM REICH JA NICHT WEIT HER SEIN.

BRUDER! DIES IST IMMERHIN DER ZWEITE PRINZ EINES VERBÜNDETEN REICHES, DA SOLLTEST DU DICH ETWAS BE-HERRSCHEN…
ALLES IN ORD-NUNG?
PUH…
ER IST GEFLO-GEN…
IM HOHEN BOGEN …
TUSCHEL
ICH HAB MICH DOCH NUR VERTEIDIGT!
…
WA-WAS WAR DAS, WAS IST PASSIERT ?!
FLIMMER

PAH, OFFENBAR SIEHST DU NICHT NUR AUS WIE EIN WEIB...
PFF...
... SONDERN BENIMMST DICH AUCH WIE EINES.
BLUSH
WAS FÄLLT EUCH EIN?!
IHR WISST NICHTS ÜBER MICH, GAR NICHTS!
SCHLUCK

WAS ...?!
DIENER!
SCHICKT DIESE HAARE UNSEREN FEINDEN!
MEINE SCHÖNEN LANGEN HAARE...!!
WENN SIE SEHEN, DASS WIR MIT SO EINEM MÄCHTIGEN REICH VERBÜNDET SIND, WERDEN SIE IHRE SOLDATEN ABZIEHEN.
UND LASST DIE FRAUEN UND KINDER WIEDER RAUS, DIE IM SCHLOSS EVAKUIERT WURDEN.
JAWOHL!
WIE KONNTET IHR NUR ...!
DIESE HAARE HABE ICH EXTRA FÜR MEINEN ÄLTEREN BRUDER WACHSEN LASSEN...

HÄ?
HUCH!
ER WILL MICH TÖTEN?!

...
DER KOMMT MIR GERADE RECHT.
King's Game

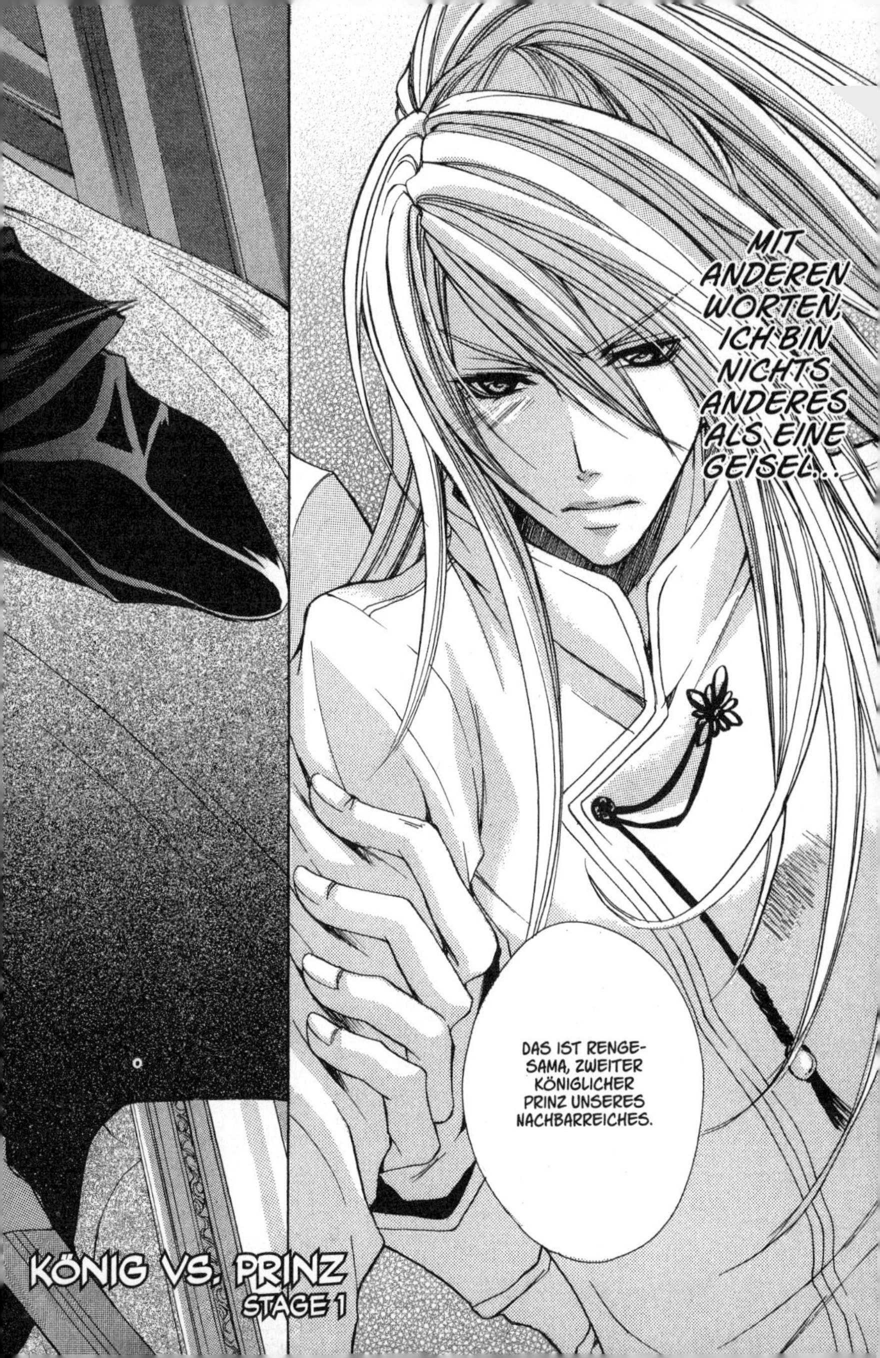
MIT ANDEREN WORTEN, ICH BIN NICHTS ANDERES ALS EINE GEISEL...
DAS IST RENGE-SAMA, ZWEITER KÖNIGLICHER PRINZ UNSERES NACHBARREICHES.
KÖNIG VS. PRINZ
STAGE 1

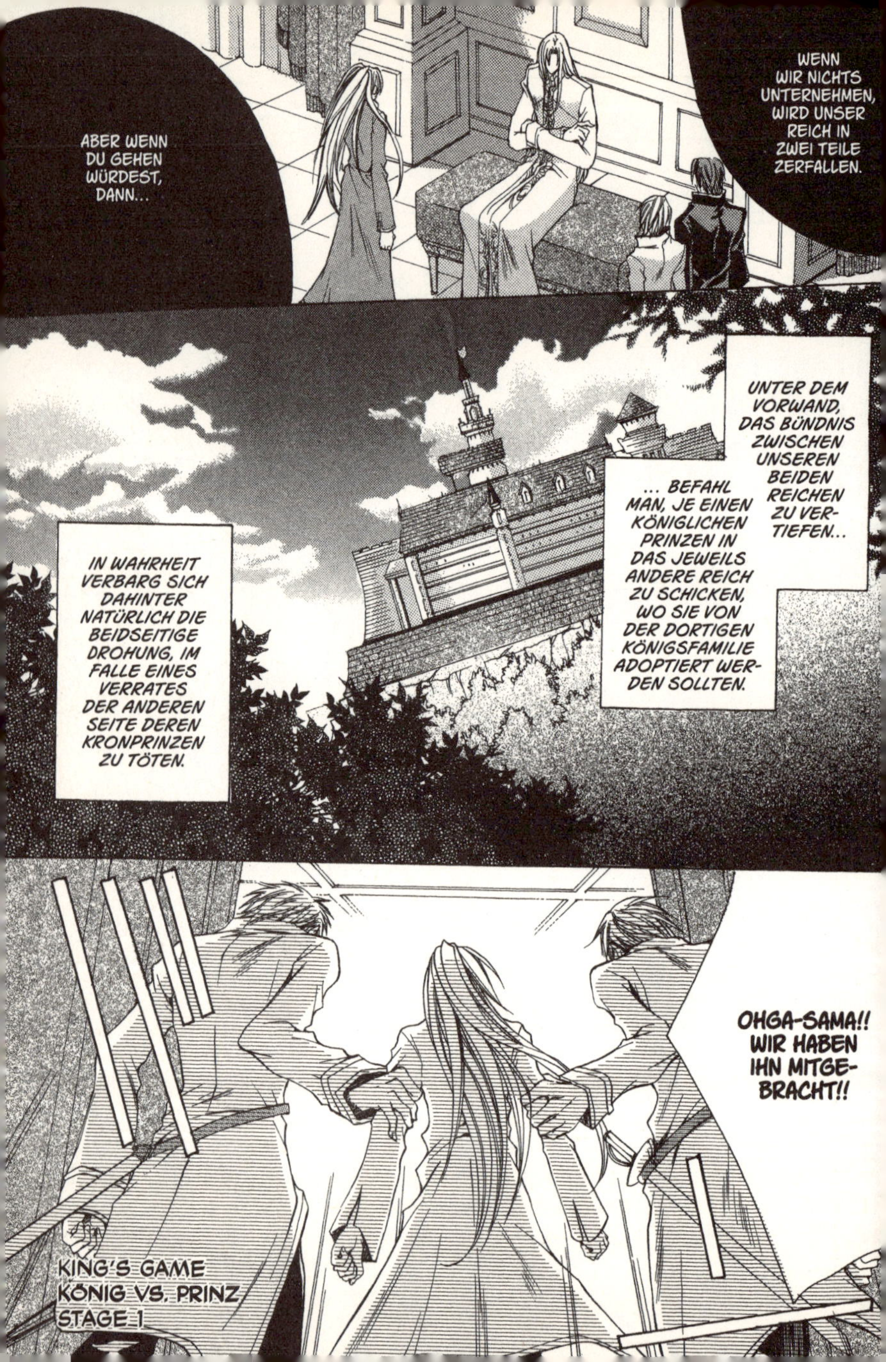
WENN WIR NICHTS UNTERNEHMEN, WIRD UNSER REICH IN ZWEI TEILE ZERFALLEN.
ABER WENN DU GEHEN WÜRDEST, DANN...
UNTER DEM VORWAND, DAS BÜNDNIS ZWISCHEN UNSEREN BEIDEN REICHEN ZU VERTIEFEN...
... BEFAHL MAN, JE EINEN KÖNIGLICHEN PRINZEN IN DAS JEWEILS ANDERE REICH ZU SCHICKEN, WO SIE VON DER DORTIGEN KÖNIGSFAMILIE ADOPTIERT WERDEN SOLLTEN.
IN WAHRHEIT VERBARG SICH DAHINTER NATÜRLICH DIE BEIDSEITIGE DROHUNG, IM FALLE EINES VERRATES DER ANDEREN SEITE DEREN KRONPRINZEN ZU TÖTEN.
OHGA-SAMA!! WIR HABEN IHN MITGEBRACHT!!
KING'S GAME
KÖNIG VS. PRINZ
STAGE 1

# INHALT

RYO TAKAGI
King's Game